A morte de Vivek Oji

●●--

Akwaeke Emezi

A morte de Vivek Oji

tradução
Carolina Kuhn Facchin

todavia

Para Franca, minha primeira e melhor amiga contadora de histórias.
Nunca se esqueça do sobrenome do Kurt.
Te amo muito.
Seja livre.

Um

Queimaram o mercado no dia em que Vivek Oji morreu.

Dois

Se esta história fosse uma pilha de fotos — daquele tipo antigo, com cantos arredondados, guardadas em álbuns debaixo de vidro e paninhos rendados em mesas de centro em salas de estar por todo o país —, ela começaria com o pai de Vivek, Chika. A primeira imagem seria dele no ônibus indo para a aldeia visitar a mãe; ele estaria com o braço pendurado para fora da janela, sentindo o ar batendo no rosto e a brisa entrando em seu sorriso.

Chika tinha vinte anos e a mesma altura da mãe, um metro e oitenta de pele vermelha e cabelos de argila seca no sol, os dentes parecendo osso polido. As mulheres no ônibus o encaravam abertamente, a camisa branca enfunando atrás do pescoço como uma nuvem, e sorriam e sussurravam uma para a outra, porque ele era lindo. Tinha uma aparência que deveria ter durado para sempre, traços que passou para Vivek — os dentes, os olhos amendoados, a pele lisa —, traços que morreram com Vivek.

A próxima fotografia da pilha seria da mãe de Chika, Ahunna, sentada em sua varanda na hora em que o filho chegou, uma tigela de udaras ao lado. A túnica de Ahunna estava amarrada ao redor da cintura, deixando os seios expostos, e sua pele era mais vermelha que a de Chika, mais escura e mais velha, como uma panela de barro que tivesse manchado na queima. Ela tinha linhas finas ao redor dos olhos, cabelos trançados perto da raiz, bem apertados, e seu pé esquerdo estava enfaixado e descansava sobre um banquinho.

"Mãe! Gịnị mere?!", Chika exclamou quando a viu, e subiu correndo a escada que dava na varanda. "Você está bem? Por que não mandou alguém me avisar?"

"Não havia motivo para incomodá-lo", Ahunna respondeu, partindo uma udara e chupando a polpa. O grande complexo em que ficava sua casa na aldeia se estendia ao redor dos dois — terrenos que estavam com a família fazia muito tempo, todo um legado de terras ao qual ela se apegara desde a morte do pai de Chika, alguns anos antes. "Pisei num toco quando estive na fazenda", explicou, enquanto o filho se sentava ao seu lado. "Mary me levou ao hospital. Está tudo bem agora." Ela cuspiu sementes de udara, que saíram de sua boca como pequenas balas pretas.

Mary era a esposa de seu irmão Ekene, uma moça encorpada e gentil, com bochechas que pareciam nuvenzinhas. Haviam se casado alguns meses antes, e Chika vira Mary flutuar em direção ao altar, com a renda branca agarrada ao corpo e um véu lhe escondendo a boca bonita. Ekene a esperava no altar, com a coluna ereta, orgulhoso, a pele reluzindo como barro úmido contra o preto-alcatrão de seu terno. Chika nunca vira o irmão tão frágil, o jeito como seus dedos longos tremiam, o amor e o orgulho borbulhando em seus olhos. Mary precisou levantar o rosto para olhar para Ekene quando fizeram os votos — os homens da família eram todos altos —, e Chika vira a garganta dela se curvar, o rosto brilhando, quando seu irmão levantou o tule e a beijou. Depois do casamento, Ekene decidiu se mudar da aldeia para a cidade, para o agito e o barulho de Owerri, então Mary ficou morando com Ahunna enquanto Ekene organizava a nova vida deles. Da varanda, Chika olhou de esguelha para Mary, que regava o jardim de hibiscos, os cabelos amarrados em um nó frouxo, um vestido de algodão soltinho com uma estampa desbotada de flores. Ela parecia um lar, um lugar onde ele poderia cair, num turbilhão, entre quadris e coxas e seios.

A mãe fechou a cara. "Toma jeito", avisou, como se pudesse ler seu pensamento. "Ela é mulher do seu irmão."

Chika sentiu o rosto queimar. "Não sei do que você está falando, mãe."

Ahunna nem pestanejou. "Vá atrás de uma mulher para você, e vê se não arranja wahala nesta casa com a menina. Seu irmão vem buscá-la logo."

Chika se aproximou e pegou a mão dela. "Não vou fazer nada, mãe." Ela bufou, mas não puxou a mão de volta. Ficaram sentados assim, outra fotografia, enquanto a noite se impunha sobre a varanda e o céu, e alguma coisa fervia lenta e quente dentro de Chika, batucando no fundo de sua garganta. Isso foi antes de Vivek, antes do incêndio, antes de Chika ter de descobrir quanto custa, exatamente, cavar a própria cova com os ossos de um filho.

Quando a ferida de Ahunna sarou, deixou uma cicatriz no peito do pé — uma mancha marrom no formato de uma estrela-do-mar flácida. Seu filho Ekene veio e levou a mulher para a casa nova em Owerri, um bangalô branco com uma chama-da-floresta crescendo no portão e goiabeiras enfileiradas ao lado da cerca, e Chika os visitava lá. Essas seriam fotografias alegres: Mary sorrindo em sua cozinha; Mary trançando os cabelos com apliques e cantando a plenos pulmões no coral da igreja; Mary e Chika jogando conversa fora na cozinha enquanto ela cozinhava. Ekene não tinha paciência para mulheres faladoras e não era do tipo ciumento, então não se importava que o irmão mais novo e a esposa se dessem tão bem.

Quanto a Chika, a coisa que fervia dentro dele esquentava ainda mais sempre que estava perto de Mary. Chiava e borbulhava e o queimava onde ninguém podia ver. Ele brincava com a família que simplesmente preferia estar em uma casa que tinha uma mulher a ficar em seu apartamento vazio de solteiro, e Mary acreditava nele — até a tarde em que ele parou atrás dela enquanto ela cozinhava e encostou a boca em sua nuca. Mary se virou na hora e começou a bater nele com a colher de pau comprida que usava para fazer garri.

"Você está *louco*?", gritou, pedacinhos de garri quente pulando da colher e queimando os antebraços que ele erguera para se defender dos golpes. "O que acha que está fazendo?"

"Desculpa! Desculpa!" Ele caiu de joelhos, escondendo a cabeça debaixo dos braços. "Biko, Mary, pare! Não vou fazer mais isso, juro!"

Ela parou, ofegante, o rosto confuso e magoado.

"Qual é seu problema, hein? Por que precisa tentar estragar tudo? Ekene e eu somos felizes, entendeu? Felizes."

"Eu sei. Eu sei." Chika se levantou devagar, esticando um joelho de cada vez, mantendo as mãos levantadas e a olhando bem nos olhos. "Eu sei. Eu não quero estragar nada. Por favor, me perdoe."

Mary balançou a cabeça. "Não dá mais pra você vir aqui, se é pra isso que vem." Chika queria tocá-la, mas os dedos dela continuavam firmes ao redor da colher de pau.

"Eu sei", ele disse em voz baixa.

"Não estou brincando", ela respondeu. "Não volte mais aqui com essas besteiras."

Chika olhou para as lágrimas pendendo dos olhos dela e baixou as mãos.

"Eu entendo. Juro, de hoje em diante, você é só minha irmã." Sentiu os olhos de Mary em cima dele quando pegou as chaves do carro. "Vou indo. Vejo você semana que vem. Por favor, vamos esquecer hoje, o.k.?"

Mary não disse nada. Ficou lá, vendo ele ir embora, e seus dedos só se afrouxaram em torno da madeira curva da colher quando ouviu a porta fechando.

Nos meses seguintes, Chika manteve distância de Owerri. Conseguiu emprego como contador em uma fábrica de vidros em Ngwa, a cidade-mercado para onde se mudara ao deixar a aldeia. O médico do lugar era o dr. Khatri, um indiano pálido com mechas grisalhas nas têmporas. Às vezes, o dr. Khatri trazia sua sobrinha, Kavita, para ajudar no trabalho administrativo. Chika a viu pela primeira vez quando foi ao médico por causa de uma tosse, e Kavita estava na recepção, rodeada de pilhas de arquivos, que folheava de testa franzida. Era uma mulher pequena, de pele marrom-escura e com o cabelo preto preso numa trança grossa que descia abaixo da cintura. Naquela manhã, usava um vestido de algodão laranja; parecia um pôr do sol flamejante, e Chika soube imediatamente que sua história terminaria nela, que se afogaria em seus grandes olhos líquidos e que seria o jeito perfeito de partir. Nada fervia dentro dele, só houve um suspiro alto e claro, o peso da paz envolvendo seu coração. Kavita levantou a cabeça e sorriu, e Chika conseguiu tomar coragem e convidá-la para almoçar. Os dois ficaram surpresos quando ela aceitou, e também com o afeto que cresceu entre eles nas semanas seguintes.

Quando ficou óbvio que o namoro estava ficando sério, o médico convidou Chika para ir à casa deles, onde Kavita serviu chá e tigelinhas de murukku. Ela tinha pulsos delicados e cabelos pretos que escorriam pelos ombros. O dr. Khatri contou a Chika que Kavita passara aos seus cuidados depois que os pais morreram, e acabara vindo da Índia para a Nigéria com ele. "Tivemos alguns... problemas de família em Delhi", disse. "Por causa da casta do pai dela. Foi melhor começar do zero." Chika concordava. Foi por motivo igual que ele decidira não morar na mesma cidade em que vivesse qualquer um de seus parentes. Começar do zero era bom; era nessa separação que você conseguia sentir-se você mesmo, descobrir quem é longe de todos os outros.

Foto: o jovem casal no jardim dos fundos, depois do jantar, caminhando por entre uma fileira de roseiras sem flor, Kavita deslizando os dedos suavemente pelos galhos.

"Mal posso esperar que floresçam", disse. "Eu odiava o cheiro das rosas quando morávamos em Delhi, mas meu tio adora essas flores, e agora — é estranho — elas só fazem me lembrar de casa."

Foto: a mão de Chika cobrindo a dela, folhas serrilhadas esmagadas sob as palmas, um beijo discreto no qual a respiração dos dois se emaranha.

Depois disso, Chika viajou até a aldeia e contou à mãe sobre Kavita. "Quero que vocês se conheçam", disse, evitando seus olhos. Ahunna o observou, seus ombros curvados, o jeito como ficava tirando e colocando as mãos nos bolsos. Os filhos nunca mudam de fato, pensou, não importa o quanto cresçam.

"Traga a moça", Ahunna disse. "Nsogbu adịghị." E voltou a descascar inhames, sentada em um banquinho baixo em frente à bacia dos tubérculos, jogando as cascas no quintal para as cabras. Chika ficou de pé a seu lado, um sorriso atordoado se espalhando pelo rosto.

"Sim, mãe", disse, enfim. "Daalụ."

Foi só então que ele finalmente se sentiu pronto para visitar Owerri e compartilhar a notícia com Mary e Ekene; agora podia ir à casa deles de consciência limpa. Ele e Mary nunca mais falaram do que aconteceu, daquele momento de desejo descabido em uma cozinha abafada.

Três meses mais tarde, Chika pediu Kavita em casamento no jardim de roseiras da casa do tio dela. Àquela altura, flores cor-de-rosa e vermelhas enchiam os galhos e o ar estava carregado de perfume. Kavita sorriu, piscando para conter as lágrimas quando atirou os braços ao redor de seu pescoço de barro e lhe disse sim com um beijo. Alguns dias depois, as famílias começaram a ter discussões sobre o dote. Chika tentou explicar ao dr. Khatri que era a família do marido que pagava o dote, mas o velho médico se enfurecia só de pensar nisso. "Viemos lá da Índia com o dote da Kavita! É a herança dela. Não posso deixar que ela saia de casa sem ele, como se não valesse nada pra nós!"

"E eu não posso aceitar um dote do pai da minha noiva!"

Ao ouvir essa palavra — *pai* —, o dr. Khatri ficou com os olhos cheios de lágrimas e a discussão empacou. "Ela é mesmo uma filha para mim", disse, com a voz grossa.

Ahunna revirou os olhos e se intrometeu. "Vocês homens adoram uma gritaria. Vamos deixar um dote pelo outro e pronto, ninguém paga nada." O dr. Khatri se empertigou para protestar, mas ela levantou a mão. "Pode guardar o dote da Kavita para os filhos dela. Não quero ouvir mais um pio sobre essa história."

E pronto. O dote de Kavita era uma pequena coleção de pesadas joias de ouro que sua mãe havia trazido para a família quando se casou, e que passara de mão em mão entre as mulheres que vieram antes dela.

Foto: Chika e Kavita em seu quarto, recém-casados, os pesados colares e pulseiras derramando-se das mãos dele. "Nem sei o que dizer. Parece aqueles tesouros de que os livros falam."

Kavita recolheu as joias das mãos dele e as colocou de volta na caixa. "Para os nossos filhos", lembrou, sem saber que teria apenas um. "Vamos esquecer até de que isso está aqui."

A maior parte das joias ficou naquela caixa pelas duas décadas seguintes, acomodadas no veludo vermelho-escuro, pedras preciosas e correntes douradas brilhando no escuro. Chika e Kavita chegaram a vender uma peça pequena ou outra, quando as coisas ficaram difíceis, mas conseguiram manter a maioria, planejando usá-las para mandar o filho, Vivek, para os Estados Unidos. Só que quando as joias finalmente saíram da caixa, foi pelas mãos de Vivek.

Foto: o menino, sem camisa, segurando colares junto do peito, pendurando-os por sobre sua correntinha prateada, prendendo brincos dourados nas orelhas, os cabelos cascateando pelos ombros. Ele parece uma noiva, seminu, parcialmente despido.

Há outro menino nessa foto agora. Seu nome é Osita. Ele é da altura de Vivek, mas tem ombros mais largos, a pele parece de argila escura. Ele é filho de Ekene, parido por Mary, e tem olhos rasgados, a boca incrivelmente carnuda. Nessa foto, o rosto de Osita está encovado e sombrio de medo. Ele está com os braços cruzados e o maxilar travado, à espera de algo que não pode prever.

Vivek sorri para o primo com gotas de ouro caindo pelas sobrancelhas. "Bhai", diz, a voz tilintando. "Como estou?"

Osita desejou, muito tempo depois, ter dito a verdade a Vivek na época; que ele estava tão lindo que deixava o ar ao redor abafado, Osita duro de desejo. Mas respondeu, ríspido: "Tira isso", a garganta áspera. "Põe tudo de volta antes que nos peguem."

Vivek o ignorou e deu um giro. Era tanta luz aprisionada em seu rosto que chegava a ferir os olhos de Osita.

"Eu daria qualquer coisa", ele disse, após o enterro de Vivek, "daria qualquer coisa pra ver meu primo daquele jeito de novo, vivo e coberto de ouro."

O mercado que pegou fogo ficava logo após a segunda rotatória, se você fosse pela Chief Michael Road, passando pelos prédios comerciais abandonados e pelo cruzamento do borracheiro, um homem baixinho com uma cicatriz que atravessava a bochecha direita. Chamava-se Ebenezer e trabalhava naquele entroncamento desde sempre. Kavita levava o carro da família lá quando os pneus precisavam de manutenção. Era um Peugeot 504 prateado, que Chika comprara depois de anos trabalhando na fábrica de vidro, para substituir o carro velho que usava antes. Quando era criança, Vivek espalmava a mãozinha no metal quente do carro, equilibrando-se em um pé e depois no outro, enquanto assistia a Ebenezer trabalhar. A cicatriz era mais grossa que sua pele, um coágulo vermelho brilhante que saltava do marrom de seu rosto. Quando ele sorria para Vivek, a cicatriz resistia à pele que se dobrava, e só um lado de sua boca levantava do jeito certo.

"Pequeno oga", ele brincava, as mãos movendo chaves e tubos compressores de metal. Vivek ria e escondia o rosto na saia de Kavita. Ele ainda era novo, estava vivo. Se Kavita baixasse a mão, ela pousaria na curva de seu crânio de menino, o cabelo macio e a pele quente por baixo, o osso moldado dando forma ao garoto. Anos mais tarde, quando encontrou o corpo do filho esticado na varanda da frente, debaixo de quatro metros de pano akwete com uma estampa vermelha e preta que ela disse que jamais esqueceria, a parte de trás de seu crânio estava quebrada e vazando no capacho de entrada. Kavita lhe ergueu o pescoço mesmo assim, para apertar sua bochecha contra a dele e gritar. Os cabelos dele caíram sobre seus braços, molhados e longos e grossos, e ela gemeu alto.

"*Beta!*", gritou, sua voz cortando o ar. "Acorda, beta!"

Um dos pés de Vivek estava retorcido ao lado de um vaso de flores caído, e a terra se espalhara em torno de seu tornozelo. Tudo cheirava a fumaça. Seus pés descalços revelavam a cicatriz no peito do pé esquerdo: uma estrela-do-mar macia, de um marrom-escuro.

No dia em que Vivek nasceu, Chika segurou o bebê no colo e ficou olhando para a cicatriz. Ele já tinha visto aquilo antes — Kavita sempre comentava sobre aquele formato quando massageava os pés de Ahunna. Kavita vivera sem mãe por tanto tempo, que seu amor por Ahunna era palpável e cheio de um afeto quase infantil, centenas de milhares de toques. Elas se sentavam juntas, liam juntas, andavam pelas plantações juntas, e Ahunna agradecia por ter dado à luz dois rapazes e ganhado duas filhas de presente. Quando Ekene e Mary tiveram seu filho, Osita, Ahunna chorou sobre seu rostinho, cantando suavemente em igbo. Ela mal podia esperar pela chegada do bebê de Chika e Kavita.

Agora um ano havia se passado e Chika sentiu algo crescendo lentamente dentro dele quando segurou o filho recém-nascido — camadas de cimento derramado endurecendo em um medo doentio —, mas ignorou o sentimento. Eram só histórias; não podiam ser reais. Foi apenas no dia seguinte que um menino da aldeia chegou a Ngwa para avisar Chika que Ahunna havia morrido no dia anterior; o coração parou bem na entrada de casa, o corpo caiu em seu terreno, a terra recebeu seu rosto desfeito.

Eu devia saber, Chika pensou consigo enquanto Kavita gritava de dor, com Vivek agarrado ao peito. Ele sabia, na verdade. Como aquela cicatriz podia ter entrado no mundo, em forma de carne, sem ter saído antes? Nada pode estar em dois lugares ao mesmo tempo. Ainda assim, ele negou isso durante muitos anos, o quanto pôde. Superstição, dizia. Era uma coincidência, as marcas nos pés — e, além do mais, Vivek era menino, não menina, então, como poderia ser? Ainda assim... Sua mãe tinha morrido e a família estava de luto, e no meio disso tudo havia um bebê recém-nascido.

Foi desse jeito que Vivek nasceu, depois da morte e na tristeza. Isso o marcou, veja, o cortou como uma árvore. Eles o trouxeram para dentro de uma casa repleta de uma dor incapacitante; sua vida inteira foi um lamento. Kavita não teve nenhum outro filho. "Basta ele", dizia. "Isso tudo já foi o bastante."

Foto: uma casa que caiu em prantos no dia em que ele saiu, voltando ao estado em que estava quando ele chegou.

Foto: seu corpo enrolado.

Foto: seu pai despedaçado, sua mãe enlouquecida. Um pé morto com uma estrela-do-mar flácida estendida pela curvatura, o começo e o fim de tudo.

Três
Osita

Vivek lascou meu dente quando eu tinha onze anos. Agora, quando olho no espelho e abro a boca, penso nele e sinto aquela tristeza se arrastar por mim novamente. Mas quando ele estava vivo, quando aconteceu, ver meu dente só fazia me encher de raiva. Senti a mesma coisa depois que ele morreu, aquela raiva quente, como pimenta descendo pelo lugar errado.

Quando éramos pequenos, a gente estava sempre brigando. Não era nada muito sério, uns desentendimentos aqui e ali. Mas um dia a gente estava se empurrando no quintal dele, nossos pés deslizando pela areia debaixo da árvore de jasmim-manga, os dois irritados com alguma coisa. Vivek me empurrou e eu caí num poço de infiltração de concreto que ficava lá fora, cortei o lábio, e foi quando lasquei o dente. Eu chorei, depois senti vergonha por ter chorado, e fiquei sem falar com ele por alguns dias. Ele estava indo embora para estudar num internato no Norte — uma escola militar que o De Chika tinha insistido para ele ir, mesmo depois de titia Kavita passar meses implorando que não mandassem seu filho para lá. Mas meu tio queria que ele endurecesse um pouco, que deixasse de ser tão molenga e sensível. Eu queria que ele ficasse, mas estava bravo demais para admitir isso para ele. Vivek foi e eu fiquei, alimentando um orgulho ferido que me fazia brigar com qualquer um que mencionasse o cantinho do meu dente que faltava. Briguei muito na escola naquele trimestre.

Quando chegou o fim do ano, eu estava morrendo de saudade dele, e comecei a contar os dias para sua volta a Ngwa de férias, na estação chuvosa. Foi durante um desses feriados prolongados que a mãe do Vivek convenceu a minha a nos matricular em um cursinho para o SAT.*

"Isso vai preparar os meninos para as universidades americanas", titia Kavita dizia. "Aí eles podem conseguir uma bolsa e um visto F1. Pensa nisso de um jeito pragmático."

Ela e De Chika esperavam que Vivek fizesse uma universidade em outro país, com uma certeza que transmitiram para ele — a ideia de que seu tempo em casa era apenas temporário e que uma porta aberta estaria esperando assim que ele passasse nas provas WAEC.** Mais tarde entendi que era todo aquele ouro do dote que financiava essa crença, mas na época eu achava que era só otimismo deles, e isso me surpreendia, porque nem minha mãe, que acreditava tanto em reza, nunca falou de me mandar para outro país. O ouro era uma porta secreta, uma poupança que podia comprar os Estados Unidos para Vivek.

Eu não queria fazer o cursinho, mas titia Kavita me implorou. "O Vivek não vai fazer se você não fizer", ela disse. "Você é um exemplo pra ele. É como um irmão mais velho pra ele. Eu preciso que ele leve essas aulas a sério." Ela deu tapinhas na minha bochecha e acenou com a cabeça como se eu já tivesse concordado, sorrindo para mim antes de virar as costas. Eu não tinha como lhe dizer não, e ela sabia. Então, toda sexta e sábado, durante as férias, Vivek e eu pegávamos o ônibus que ia pela Chief Michael Road até o cursinho. Virou costume

---

* SAT (Scholastic Assessment Test) é uma prova internacional de aptidão para estrangeiros interessados em cursar universidades nos Estados Unidos. [N. E.]
** WAEC (West African Examination Council) é um conselho formado por alguns países de língua inglesa do oeste da África (Nigéria, Serra Leoa, Gana, Gâmbia e Libéria) para aplicar exames educacionais. [N. E.]

passar os finais de semana na casa do Vivek, os cafés da manhã de sábado, quando De Chika separava a página de quadrinhos do jornal para nós, e titia Kavita preparava inhame com ovos como se tivesse feito aquilo a vida inteira.

Ela aprendeu a fazer comida nigeriana com suas amigas — um grupo de mulheres, estrangeiras como ela, que tinham se casado com nigerianos e eram tias dos filhos das outras. Elas pertenciam a uma organização chamada Nigesposas, que as ajudava a se adaptar a essa nova vida, tão longe dos países onde haviam nascido. Não eram expatriadas ricas, pelo menos não as que a gente conhecia. Não tinham vindo trabalhar nas companhias de petróleo; só tinham vindo por causa dos maridos, da família. Algumas conheciam a Nigéria porque já moravam aqui havia décadas, tinham passado até pela guerra; outras falavam igbo fluentemente; neste grupo, elas ensinaram Kavita a fazer sopa oha e arroz jollof e ugba. Faziam festas de Páscoa e de aniversário e, quando éramos pequenos, eu ia junto com Vivek. Fazíamos fila para sair na fotografia atrás do bolo de aniversário; nos vestíamos de ninja para a festa à fantasia; e passávamos fins de semana na piscina do clube local com os filhos das outras Nigesposas.

Quando tínhamos treze ou catorze anos, fizeram um jantar improvisado na casa da titia Rhatha. Ela era da Tailândia e tinha duas filhas, Somto e Olunne, meninas de rosto arredondado que riam como sinos de vento idênticos e nadavam como peixes ágeis. Seu marido trabalhava em outro país, mas titia Rhatha parecia se virar perfeitamente bem sem ele. Ela fez cup-cakes rosa e amarelos, inchados de ar e açúcar, decorados com texturas aplicadas com cuidado e figuras de glacê, pássaros e borboletas em cores vibrantes. Embora fosse meio formiguinha, Vivek odiou os cupcakes, mas aceitou seu quinhão mesmo assim, para me dar. Andamos pela casa enquanto asinhas derretiam na minha boca, nossos pés descalços contra as lajotas frias de mármore. Titia Eloise estava andando para lá e para cá na sala dos fundos, falando no telefone com alguém, provavelmente um de seus filhos, que já tinham ido embora para estudar na Inglaterra. Eloise era baixinha e gorda, com cabelo claro e grosso e um sorriso eterno. Ela e o marido, um médico de Abiriba, trabalhavam no hospital universitário, e titia Eloise gostava de dar jantares e festas em casa só para ouvir algum som ecoando nas paredes, agora que os filhos não estavam mais lá.

"Por que ela não vai morar com os filhos?", Vivek perguntou em voz alta.

Dei de ombros, tirando o papel de um cupcake. "Talvez ela goste de morar aqui. Ou talvez apenas goste do marido."

"Por favor. O cara é muito sem graça." Vivek olhou ao redor, para as outras Nigesposas que se aglomeravam na sala de jantar, dispondo as panelas de curry e frango e arroz sobre a mesa. "Além disso, a maioria só está aqui pelos filhos. Se não fosse por isso, já tinham ido embora há tempos." Ele estalou os dedos para enfatizar o que disse.

"Até sua mãe, nko?"

"Mba, veja, com ela é diferente. Ela já vivia aqui antes de se casar." Escutamos a porta da frente abrindo e a voz fina de titia Rhatha, brilhando ao cumprimentar quem havia chegado. Vivek inclinou a cabeça, tentando escutar a voz da convidada, e me sorriu maliciosamente. "Acho que é a titia Ruby", disse, mexendo as sobrancelhas. "Você sabe o que isso significa — sua namorada chegou." Dei graças por ele não poder me ver corar, mas seus olhos riram de mim assim mesmo. Titia Ruby era uma mulher alta do Texas, dona de uma creche; seu marido tinha uma loja de tapetes, e sua filha, Elizabeth, era uma das meninas mais lindas que eu já tinha visto em toda a minha curta vida. Ela era corredora, magra e angulosa, com um pescoço que ficava balançando. Uma vez tentei ganhar dela numa corrida, mas foi em vão, ela se movia como se o chão estivesse desmoronando sob seus pés, o futuro apressando-se em sua direção. Então saí do caminho e a vi correr com todos os outros meninos que achavam que podiam enfrentá-la. Elizabeth sempre vencia, com o peito erguido, areia voando atrás dela. A maioria dos meninos tinha medo até de falar com ela; não sabiam o que fazer com aquela garota que era mais rápida que eles, mas eu sempre tentava puxar conversa com ela. Acho que isso a surpreendia, mas ela não parecia gostar de mim do jeito que eu gostava dela. Ela era legal comigo, apesar de meio quietona.

"Me deixa em paz, jo", eu disse para Vivek. "Isso tudo é porque a Juju não veio?"

Vivek corou imediatamente e eu ri na cara dele ao mesmo tempo que Somto e Olunne vieram de um canto com uma tigela cheia de doces.

"Quer?", Somto perguntou, com voz de tédio, estendendo a tigela. Ela odiava quando sua mãe recebia gente em casa, porque elas sempre tinham que ajudar na arrumação, a servir e a limpar tudo depois. Vivek balançou a cabeça, mas eu vasculhei a tigela atrás de bombas de chocolate Cadbury, que eram as minhas favoritas.

Olunne ficou ao lado da irmã, girando o palito branco de um pirulito na boca. "Do que vocês estavam falando?", perguntou.

"Da mulher dele", eu disse com um sorrisinho. "A Juju."

Somto fez um muxoxo. "Tsc. Por favor. Eu não tenho energia pra gastar com aquela lá."

"Ah é", Vivek respondeu, "e por quê?"

"Ela nunca vem nesses eventos", Somto reclamou. "Nós todos temos que vir, mas aquela lá faz a mãe vir sozinha. Quem ela acha que é, abeg." Somto estava certa: Jukwase, que a gente chamava de Juju, não gostava de ir aos eventos da Nigesposas. Sua mãe era titia Maja, uma enfermeira das Filipinas que se casara com um empresário muito mais velho.

Passei anos vendo o Vivek sofrer pela Juju, mas ela era uma menina meio estranha.

"Talvez ela se ache jand demais pra estar aqui", Olunne sugeriu, dando de ombros. Juju tinha nascido no exterior e até frequentou a escola lá alguns anos, antes de seus pais voltarem para a Nigéria. Ela era muito nova na época, mas sua voz ainda tinha um sotaque diferente do nosso. Era fácil demais fofocar sobre ela, especialmente porque ela nos evitava.

"Deixa ela pra lá, ela fica se exibindo toda por causa daquele cabelo", Somto comentou, franzindo os lábios. Mordi a língua; o negócio do cabelo era um ponto sensível para a Somto, que tivera de cortar o dela no ano anterior, quando entrou no ensino médio. Como a mãe da Juju a matriculara em uma escola particular, que não exigia que as meninas mestiças cortassem o cabelo, Juju mantinha seus longos cachos, que caíam pelas costas. Vivek fez uma careta, mas sabia que não devia provocar Somto nem defender Juju com muito afinco. Foi só quando já estávamos a caminho de casa que ele reclamou comigo, baixando a voz.

"As meninas não dão a menor chance pra Juju porque têm inveja dela. Não é justo."

Assenti, sabendo como tinha sido difícil para ele ouvi-las falar da menina. "Não é mesmo", concordei, mais por causa dele. É que ele gostava mesmo da garota. Ela morava pertinho do bangalô do De Chika, no final de uma rua tranquila, próximo do hospital Anyangwe. A gente andava de bicicleta por lá o tempo todo, diminuindo a marcha quando passávamos pela casa da Juju. Titia Maja adorava flores, então a cerca deles era coberta por pilhas de buganvílias rosa e brancas.

"Vai e bate na porta", eu disse a Vivek. "Vê se ela está em casa."

"E vou dizer o quê?", ele respondeu, pedalando em círculos lentamente pelo meio da rua.

Dei de ombros, confuso com as complexidades de cortejar uma menina na casa do pai dela. Pedalamos para casa, deixando as bicicletas ao lado do balanço do quintal. Havia um aglomerado de pés de boldo em frente ao quarto dos empregados, disputando espaço com as cercas vivas. Titia Kavita e De Chika tinham uma empregada que morava lá, mas ela voltou para sua aldeia depois de um ano ou dois — uma morte na família, acho — e eles nunca a substituíram. Vivek e eu assumimos o trabalho doméstico; varríamos o antigo quarto dela, como se alguém ainda morasse lá, passando a vassoura por baixo da armação de metal da cama. Ficávamos lá quando queríamos estar longe dos adultos, nossos corpos esparramados sobre os lençóis cor-de-rosa empoeirados, comendo amendoim torrado e jogando as cascas um no outro. Titia Kavita deixava que ficássemos sozinhos lá, e apenas gritava da porta dos fundos da casa quando precisava de alguma coisa. De Chika nem punha os pés lá dentro. Com tudo isso, ficou mais fácil para mim esconder deles o negócio do Vivek, quando começou.

Não sei há quanto tempo andava acontecendo quando percebi. Talvez alguém tivesse notado antes e não dito nada, ou talvez ninguém tivesse se dado conta. A primeira vez que vi com meus próprios olhos foi no ano seguinte ao que ele lascou meu dente, num domingo em que fui à missa com eles. Era de tarde e Vivek e eu ainda não tínhamos trocado nossa roupa de missa. Almoçamos, tiramos a mesa e fugimos para o quarto de empregados com alguns gibis do Archie que titia Eloise havia trazido da casa de seus sobrinhos na última vez em que fora a Londres. Eu tinha esparramado um deles no chão de cimento, minha cabeça e um braço pendurados para fora da cama, meus pés apoiados na parede descascada. Vivek estava sentado de pernas cruzadas no colchão ao meu lado, uma revistinha no colo, as costas curvadas para a frente e a cabeça inclinada sobre as páginas. O dia estava quente e tranquilo, o único som era o farfalhar de papel fino e o cacarejo ocasional das galinhas do lado de fora.

A voz de Vivek quebrou o silêncio, baixa e rouca. "A parede está caindo."

Levantei a cabeça. "O quê?"

"A parede está caindo", ele repetiu. "Eu sabia que devia ter consertado o telhado depois da última chuva. E a gente só fez trazer os inhames pra dentro."

Fechei minha revista e me sentei. Sua cabeça ainda estava curvada, mas a mão tinha ficado imóvel, descansando no meio de um movimento de virada de página. Suas unhas eram ovais, cortadas bem rentes. "Do que você está falando?", perguntei. "Você está bem?"

Ele levantou a cabeça e olhou através de mim. "Você não está ouvindo a chuva?", perguntou. "Está fazendo um barulhão."

Não havia nada além de sol banhando as janelas de vidro e as velhas cortinas de algodão. Olhei para Vivek e estiquei minha mão na direção de seu ombro. "Não está chovendo", comecei a dizer, mas quando toquei o algodão de sua camiseta e o osso da articulação debaixo dela, seus olhos se reviraram até ficarem brancos e seu corpo se debateu na diagonal, caindo no colchão. Quando sua bochecha bateu na espuma, ele estremeceu como se estivesse acordando e remexeu braços e pernas, pondo-se de pé e ofegando. "O que foi? O que aconteceu?"

"Shh! Você está gritando", eu disse. Não encostei nele por medo de assustá-lo de novo.

Seus olhos estavam arregalados e agitados. Ele olhou ao redor do quarto, seu olhar me varrendo enquanto recuperava o fôlego. "Ah", disse, e relaxou os ombros. E depois, quase que para si mesmo: "De novo isso".

Fiz uma careta. "De novo? Isso o quê?"

Vivek esfregou a nuca, parecendo desconfortável. "Não é nada. Só uns apagões bem curtos. Esquece."

Continuei olhando para ele, mas Vivek se negava a olhar para mim. "Você estava falando de chuva", eu disse. "E inhames."

"Ahn?", ele respondeu, comprimindo um "ah-é-mesmo?" em um único som. "Não lembro. Biko, fashi essa história." Ele pegou o gibi e se deitou de lado, de costas para mim. Eu não disse nada, porque ele era assim mesmo: quando queria encerrar um assunto, parava de falar dele e se fechava, como se protetores de metal tivessem se erguido ao seu redor. Mas fiquei de olho nele depois desse dia — observando para ver se aconteceria de novo.

Havia momentos em que ele ficava muito, muito quieto, mantendo-se imóvel enquanto o resto do mundo à sua volta seguia em frente. Vi isso acontecer quando estávamos saindo da aula num fim de tarde: Vivek estacou e nossos colegas passaram por ele em fila, se acotovelando e empurrando. Eu estava algumas pessoas atrás, mas ele ainda não tinha voltado a se mexer quando o alcancei. Os outros o encaravam, dando muxoxos ao passar. Ele andava como se estivesse bêbado, cambaleando e tropeçando, os lábios movendo-se lentamente, sem emitir som nenhum. Agarrei seu cotovelo e o impulsionei para a frente, segurando-o junto de mim para que não caísse. Enquanto o fluxo de pessoas continuava saindo do edifício — as provas do JAMB* estavam próximas e o cursinho estava cheio de alunos —, consegui atravessar o portão com Vivek e o tirei do caminho, empurrando-o contra uma cerca na beira da estrada. Enfim, ele estremeceu e voltou a si.

"Você está bem?", perguntei, soltando seu cotovelo.

---

* JAMB (Joint Admissions and Matriculation Board) é um exame nacional que dá acesso ao ensino superior e às escolas técnicas e politécnicas na Nigéria. [N. E.]

Ele me olhou e as paredes protetoras se ergueram sobre seu rosto. "Estou bem. Vamos embora." Eu o segui em direção ao ponto de ônibus, preocupado, mas em silêncio.

De algum jeito isso virou regra, sempre que ele vinha da escola, até mesmo quando íamos para a casa da aldeia, nas férias; eu o observava de perto e intervinha sempre que possível, e Vivek nunca me dizia o que estava acontecendo de fato. Se eu ajudava, como tinha feito no cursinho, ele apenas me agradecia, e tocávamos a vida como se nada tivesse se passado. Acabei me acostumando com aquilo.

Nenhum de nossos pais notou, talvez porque ele fosse sempre muito contido quando estava perto deles, nunca tão à vontade como ficava no quarto de empregados. Para eles, parecia apenas que Vivek tinha umas fases silenciosas às vezes. Titia Kavita supunha que fosse cansaço, e o mandava para a cama. Minha mãe a aconselhou a verificar se ele estava anêmico, e titia Kavita deu a ele grandes porções de ugu por algum tempo, por via das dúvidas. A gente continuava lendo nossos gibis e comendo amendoim torrado no quarto de empregados da casa dele quando eu estava na cidade; a gente continuava andando de bicicleta pela rua e catando goiabas e mangas com uma vara de bambu oca, para depois deitar no capô do carro de De Chika e comê-las.

Éramos jovens, éramos meninos, os anos se passaram no mormaço. Depois, muito mais tarde, me perguntei se deveria ter contado aos seus pais o que estava acontecendo, se teria ajudado, ou até mesmo conseguido salvá-lo um pouco.

Dois anos antes de terminar o ensino médio, finalmente tomei coragem para falar com Elizabeth. Ela estava fazendo o mesmo cursinho do SAT que nós, e eu a cortejei do mesmo jeito que todo mundo cortejava as meninas de quem gostava — comprei FanYogo para ela depois da aula e a acompanhei até o portão quando o motorista veio buscá-la.

Vivek assistiu e ficou rindo. "Finalmente você vai chykar essa menina?", disse. "Graças a Deus. Pelo menos não esperou até a formatura."

Depois de uma semana mandando cartas e copiando com esmero as letras das canções de amor da moda para ela, Elizabeth finalmente aceitou ser minha namorada. Ela guardava as cartas, todas escritas em folhas arrancadas dos meus cadernos de exercício, e me escrevia bilhetinhos falando como eu era romântico. Visitei a casa dela em Ngwa algumas vezes — já sabia que nunca poderia levá-la a Owerri.

Num fim de semana, ela sugeriu ir comigo quando eu viajasse para casa.

"Eu tenho uma tia que mora lá", ela disse. "E meus pais conhecem sua tia, então vão me deixar ir com você. Sabe como são as Nigesposas." Ela estava começando a se animar com a ideia. "Podemos pegar o ônibus juntos!"

Recusei. Não queria arriscar que alguém nos visse juntos na parada de ônibus em Owerri e contasse para a minha mãe. Ela já tinha me advertido sobre ter namoradas, no meio de um sermão sobre os pecados da carne, quando me disse que, se algum dia me pegasse me masturbando, me colocaria para fora de casa. Eu não podia acreditar que era ela que estava falando daquilo comigo, e não me pai, mas minha mãe não estava nem aí. Àquela altura ela já era um pilar enrijecido de fervor religioso e disciplina de oração. Quando De Chika me contava histórias sobre a moça alegre com quem meu pai havia se casado, e com quem ele se sentava para fofocar na cozinha, eu não conseguia reconhecer minha mãe nela. A mãe que eu conhecia era uma pessoa rígida que recebia grupos de oração todas as noites, mantinha o cabelo sempre preso em um lenço, e citava seu pastor a cada duas frases.

Enquanto isso, meu pai estava ficando cada vez até mais tarde no escritório. E eu passava mais finais de semana na casa de Vivek, mesmo quando não tínhamos aula do SAT. Minha mãe percebeu isso imediatamente, é claro. Como não perceberia, se éramos tudo que ela tinha? Queixou-se com meu pai de sua ausência, e quando ele continuou ficando até tarde no trabalho, se convenceu de que tinha uma amante. Era um medo que as mulheres da igreja alimentavam. Que outro motivo, elas argumentavam, ele teria para ficar longe da família? Não, ele devia estar mantendo alguma moça em uma pensão por aí. Nas noites que eu passava em casa, às vezes escutava gritos vindos do quarto deles, acusações que ela atirava sobre ele com palavras firmes e frustradas.

"Você acha que pode sair e arranjar outra mulher assim, é?! E que eu, eu vou cruzar os braços e deixar isso acontecer? Tufiakwa! Você vai me dizer quem ela é, Ekene — hoje, agora! Você não vai dormir até me dizer a verdade, doa a quem doer!"

"Mary, fala mais baixo", meu pai pedia, a voz cansada e firme. "O menino está dormindo."

"Pois que escute!", ela respondia, a voz pontuada pelo som de palmas. "Eu disse, *pois que escute*! Não é assim, você não quer me humilhar na frente de todo mundo? Oya, então, vamos começar com nosso filho!"

Eu cobria a cabeça com o travesseiro para abafar os sons.

"Sua mãe quer que você fique mais tempo por aqui", meu pai me disse na manhã seguinte, no café. "Sua casa é esta. Não a casa do seu tio."

Fiquei quieto e comi meu cereal, mesmo querendo dizer que ele era tão culpado quanto eu. Ele nunca estava em casa. Era ele que estava me deixando sozinho com minha mãe, que parecia mais um martelo do que uma pessoa. Então eu ficava longe de casa o quanto podia, inventando uma lista impressionante de desculpas: De Chika estava doente e eles precisavam da minha ajuda. A estrada de Ngwa para Owerri estava infestada de assaltos à mão armada e não era seguro viajar. Se minha mãe tivesse simplesmente dito a De Chika que queria que eu passasse mais tempo em casa, ele teria me mandado embora imediatamente, mas ela nunca tocava no assunto e ele não percebia a frequência das minhas visitas. Acho que minha mãe ficava quieta porque não queria que parecesse que ela e meu pai não estavam conseguindo dar conta de mim.

Titia Kavita havia me contado uma vez que minha mãe queria ter mais filhos, mas que parara de tentar depois de sofrer vários abortos espontâneos. Eu não conseguia nem imaginar o que ela tinha passado — eu perdera muito da vida de minha mãe por ser criança —, mas me perguntava se fora por isso que ela mudara tanto. Ela deve ter rezado tanto naqueles anos. Talvez tenha sido para lá que a mulher alegre e animada de quem De Chika falava se foi; talvez tenha sido soterrada pela dor e pelas orações sem resposta até cair em um estado de apatia.

Em lugar disso, ela se agarrava à fé com uma amargura teimosa, como se fosse tudo que lhe restara — um amor aprisionado e ressentido. Quem poderia continuar alegre e animada depois de perder um bebê atrás do outro? O que você faz quando não tem permissão para ficar com raiva de Deus? Eu entendia por que ela deixava as coisas tão pesadas, mas fugia dela assim mesmo, para o quarto de empregados da casa de De Chika, e para Elizabeth, que me fazia não querer voltar para Owerri nunca mais.

"Também não gosto da minha casa", ela me contou. Sua família não tinha muitos móveis, e embora Elizabeth dissesse que era apenas um estilo de decoração, eu tinha ouvido minha tia e meu tio falando baixinho sobre seu pai. Era um homem discreto, elegante, sempre com um lenço no bolso do paletó, mas, pelo que ouvira, também era um beberrão. Sua loja de tapetes vivia quase fechando — ele torrava dinheiro — e titia Ruby tinha que esconder dele o que ganhava na creche. Elizabeth nunca falou disso e eu nunca perguntei. Ela me deixava visitá-la em casa quando o pai não estava, mas preferia me ver na casa do De Chika, no quarto de empregados.

"Gosto daqui", dizia, rodopiando pelo quarto. "É como se fosse um mundinho só nosso." Meu coração batia rápido quando eu olhava seus braços e pernas, longos e marrons, projetando-se das roupas e terminando em mãos finas e pés com sandálias. Eu já tinha transado com uma ou duas meninas da escola, mas a Elizabeth era a primeira que levava lá, para aquele quartinho com lençóis rosa empoeirados. Ela nunca ficava mais do que uma ou duas horas; Vivek vinha me procurar depois de suas aulas de piano ou francês, e ela sempre ajeitava a roupa e saía antes de ele aparecer. Eu passava o tempo que a gente tivesse juntos sem acreditar que aquela pessoa — a mesma que antes eu via cortar o ar correndo — estivesse ali, escolhendo ficar comigo. Eu me lembrava com riqueza de detalhes de como, cada vez que ela ganhava uma corrida, seu rosto se iluminava, os lábios se entreabriam em busca de ar, os olhos acesos pela vitória. Queria recriar aquela imagem. Fechava a porta do quarto de empregados e pressionava meu corpo contra o dela, e ela ria sob minhas mãos e minha boca. "Não para", suspirava quando eu a beijava no pescoço. Sua saia era engomada, verde e pregueada. Eu subia minhas mãos por suas coxas, mas ela as empurrava, então eu segurava só na sua cintura.

Numa tarde a gente estava se pegando no quarto, esfregando os quadris por cima de algumas camadas de roupa, quando Elizabeth afastou a cabeça e procurou meus olhos com os dela. "Me toca", suspirou, e eu fiquei paralisado, me perguntando se tinha escutado direito. Ela deixou as pernas se abrirem e arqueou os quadris. "Me toca", disse de novo, e eu obedeci, colocando a mão debaixo de sua saia. A gente fodeu lá mesmo no colchão — o suor de seu corpo contra o meu, suas pernas ao redor da minha cintura — e parecia outra vida, melhor. Meu cabelo estava curto na época, mas eu deixava uns nozinhos, como se estivesse tentando começar uns dreadlocks. Ela deslizou os dedos pelos meus cabelos e os puxou, e a dor no meu couro cabeludo foi elétrica, perfeita. Precisei tirar os lençóis depois para esconder o lugar onde eu havia gozado.

Duas horas mais tarde, eu estava deitado na espuma amarela do colchão, contando tudo a Vivek, os barulhos que ela tinha feito e a sensação de estar dentro dela. Ele estava de camiseta verde, parado perto da janela, encostado na parede, comendo biscoitos Speedy de chocolate de um pacote roxo que segurava firmemente nas mãos.

"Você não usou camisinha?", perguntou, fazendo careta.

Dei de ombros. "Abeg, eu não estava preparado. Como eu ia saber que era hoje que a gata ia dizer sim?"

"Que idiotice", ele disse, a voz sem expressão alguma.

"Garotinho", respondi com desdém, meio ofendido pelo comentário. Meu primo era virgem e eu sabia. Ele arrastou o pé e olhou pela janela. Tinha um hematoma escuro ao redor do olho direito. Respirei fundo e mudei de assunto, apontando para seu rosto. "Oya, quem foi dessa vez?"

"Aquele idiota do Tobechukwu, que mora aqui do lado. Ele acha que pode abrir a boca quando quiser pra falar merda." Vivek flexionou os dedos esfolados e comeu outro biscoitinho. Fazia anos que tinha lascado meu dente, mas continuava brigando muito, só que agora com outras pessoas. Seu temperamento era como pólvora socada em um cano, uma bobina de força que se desenvolvera com o tempo, e como ele era magro e calado, ninguém esperava que a violência explodisse de seu corpo daquele jeito. Eu tinha visto algumas de suas brigas e eram piores do que quando a gente brigava. No começo, tentei separá-las, mas parei depois da vez em que cheguei tarde e vi Vivek dar uma surra em outro garoto. Ele não precisava da minha ajuda.

"Onde vocês dois brigaram?", perguntei, surpreso por ele não ter arranjado um problema.

"Aí na rua."

"Sorte sua que a mãe dele não viu. O que a sua mãezinha disse quando viu seu rosto?" Eu sabia que titia Kavita ficaria chateada.

"Ela não viu nada", explodiu. "Fashi aquela lá. Me conta da Elizabeth. Quantas vezes?"

Sorri. "Sem parar", me gabei. Não falei de como foi quando ela suspirou meu nome no meu ouvido, os dedos cravados nas minhas costas — de como naquela hora eu era o mundo inteiro.

Vivek revirou os olhos. "Você está trazendo ela aqui?"

"Sim, mas só hoje fizemos isso", respondi.

Ele olhou para a espuma manchada do colchão. "Ela vem aqui de novo?"

"Talvez. O que você tem com isso?"

Vivek passou a mão pela cabeça raspada, a pele parecendo ouro queimado. "Da próxima vez, quero assistir", disse, erguendo o queixo na minha direção.

Me apoiei nos cotovelos, de peito nu, ainda cheirando a ela e a sexo. "Espera aí, espera aí", ri. "Fala de novo."

Ele ergueu uma sobrancelha e não disse nada. Caí de volta no colchão.

"Você é doidão", comentei, olhando para o teto texturizado. "Assistir pra quê?" Soltei um muxoxo.

"Estou falando sério", Vivek disse. "A não ser que você queira que eu conte pro meu pai o que você anda fazendo aqui atrás." Sentei-me num salto e o encarei, mas ele estava segurando um sorriso e riu quando viu o medo no meu rosto. "Não vou te dedurar, abeg. Só estou dizendo que você devia me incluir um pouco."

"Por que você quer assistir?", perguntei. "Você gosta dela ou o quê?"

Ele bufou. "Eu só quero entender qual o motivo de tanta comoção. Vocês ficam falando de transar, transar, transar, o tempo todo."

"Ahn? Então você só quer pegar uma cadeira e ficar num canto de braços cruzados assistindo?"

Ele me olhou com desdém. "Nna mehn, não seja idiota. Dá para ver pela janela."

"E se alguém vir você parado ali fora, nko?"

"E quem vai me ver com esse monte de arbusto embaixo da janela? Posso ficar atrás deles."

Vivek comeu outro punhado de biscoitos com ar despreocupado, como se estivesse sugerindo uma coisa normal. Eu me recostei e olhei para as paredes desbotadas, tentando imaginar Elizabeth ali de novo, o cabelo curto roçando o colchão no ritmo dos meus quadris, só que dessa vez com um par de olhos grudados no mosquiteiro rasgado da janela.

"Não é que você vai me ver", Vivek disse, impaciente, parecendo ter lido meu pensamento. "É só fingir que eu não estou ali."

Acabei cedendo. Na verdade, eu tinha uns amigos que faziam coisas assim. Eles alugavam um quarto de hotel e alguns ficavam sentados bebendo na varanda do quarto no escuro, assistindo à menina ser fodida lá dentro, rindo baixinho detrás do vidro da porta de correr, escondidos por cortinas finas e pouca luz. Nós éramos todos homens e gostávamos de nos exibir, então concordei.

Na semana seguinte, Elizabeth voltou. Sentamos juntos no colchão, minhas costas suando. Sua gola estava desabotoada, mostrando a extensão do pescoço.

"Como você está?", perguntei, acariciando a palma de sua mão com um dedo.

Ela sorriu. "Estou bem. Feliz de te ver."

"Eu não tinha certeza se você ia voltar depois da última vez."

Elizabeth riu. "Por que não?"

"Talvez eu não tenha mandado bem."

Ela me deu uma olhada e na mesma hora percebi que não era tão inocente quanto eu imaginava, nem de longe. Supus que ela fosse meio inexperiente, porque era calada e se fez de difícil, então, quando transamos, fiquei contente de ser eu quem estava com ela naquele colchão. Foi como se tivesse conquistado alguma coisa. Mas o jeito que ela me olhou me fez achar que talvez eu soubesse bem menos que ela sobre aquilo que estávamos fazendo.

"Se não tivesse sido bom, você acha que eu estaria aqui?", ela disse, e me deu um sorriso tão convencido que minha voz sumiu por alguns minutos.

"Então você só está me usando pelas minhas habilidades, abi?", consegui brincar, e Elizabeth riu, jogando a cabeça para trás.

"Não se preocupe", ela disse. "Só aproveita. Qual é a sua?" Ela chegou perto e me beijou, e eu parei de pensar. Desabotoei sua camisa de algodão sentindo o pulsar no meu punho, sem olhar para a janela, sem querer ver a cara de Vivek por trás das cortinas finas. Ele tinha insistido para que eu colocasse lençóis na cama ("Você está doido? Vai comer ela na espuma do colchão?") e usasse camisinha ("Não estou nem aí se ela vai pensar que você já sabia que ia rolar sexo. Você sabia. Mas e se ela engravidar?"). Então a gente lavou os lençóis cor-de-rosa e os pendurou no varal, e agora minha mão estava pressionada contra eles enquanto eu puxava a calcinha de Elizabeth com a outra.

Ela suspirou e jogou um braço sobre o rosto, virando-o para o lado. Beijei seu pescoço e uma brisa da janela fez as cortinas se mexerem. Concentrei-me na curva da orelha de Elizabeth e sua mão subiu e agarrou minha nuca, a palma fria e seca. Os sons que ela fazia deviam estar atravessando os espaços entre as janelas de vidro. Me perguntei o que Vivek estaria fazendo lá fora. Estaria se masturbando ou o quê? Não é isso que qualquer um faria? E se De Chika ou titia Kavita dessem com ele atrás dos arbustos, exposto daquele jeito?

Elizabeth se mexeu um pouco embaixo de mim, chamando minha atenção de volta para sua camisa aberta e seus seios pequenos, acomodados em um sutiã de algodão com bordas rendadas. Puxei o tecido para baixo e pus a boca em seu mamilo, descendo a mão desajeitadamente entre nossas pernas e, ignorando a camisinha que continuava no meu bolso, avançando aos suspiros para entrar nela.

"Nwere nwayọ", ela advertiu.

"Ah!" Apoiei as mãos na cama e retrocedi um pouco. "Ndo."

Ela sorriu e me beijou, depois enroscou as pernas na minha cintura, sua saia caindo até os quadris. Fomos nos movendo suavemente, e quando o prazer começou a ficar muito intenso, parei um pouco para respirar. Elizabeth riu e tocou minha bochecha, mas aí olhou por cima do meu ombro e gritou, cobrindo-se apressada e me empurrando. Eu me virei e lá estava Vivek, parado na porta, olhando para o quarto, os olhos semiabertos e sem foco.

"Jesus Cristo!" Pulei da cama e subi as calças. "O que você está fazendo, caralho?"

Ele se segurou no batente da porta e não respondeu, os dedos cravados na madeira. Elizabeth chorava, vestindo a roupa, as mãos tremendo. Empurrei Vivek e perguntei de novo, mais alto, mas ele apenas se balançou para trás, como água ondulante, e fluiu para a frente, cambaleando um pouco.

"O que ele está fazendo aqui?", Elizabeth gritou, entre soluços de raiva. "Tira ele daqui!"

Eu o empurrei com mais força, e depois de novo, para fora do quarto, e ele apenas ficou lá, aguentando, a boca levemente aberta, parecendo um mumu de merda.

"Chineke, o que você tem?" Eu sabia que ele estava tendo outro episódio, sabia que estava doente, mas não me importava. Estava cansado de acobertá-lo, cansado de ele ser doente ou estranho ou sei lá o que havia de errado com ele. Eu gostava muito da Elizabeth, entende, e agora ela estava lá, brava e chorando no canto da cama, depois de ele ter ficado parado na porta nos olhando sabe Deus por quanto tempo. Então o empurrei com toda a raiva que sentia e Vivek caiu da entrada de concreto, a dois degraus do chão. Ele se protegeu da queda como que por reflexo, retorcendo-se para que os quadris e ombros batessem na areia, mas mesmo assim sua cabeça quicou com o impacto, os olhos opacos, ele ainda não tinha voltado a si. Elizabeth gritou e eu corri de volta para o quarto, apavorado que titia Kavita ouvisse algo da casa principal, apavorado que tivesse machucado Vivek ao empurrá-lo com tanta força.

"Shh — está tudo bem", eu disse, subindo na cama e a abraçando. "Está tudo bem."

"Quero ir pra casa", ela chorou.

"Sem wahala. Vamos." Peguei-a pela mão e a conduzi para fora da cama e através da porta. Vivek estava enrodilhado na areia lá embaixo, as mãos apertando o rosto, ofegante. "Não liga pra ele", falei quando passamos. "Ele tem um problema na cabeça."

Fui com ela até a rua principal e ela entrou em um táxi sem nem me olhar, batendo a porta com tanta força que o carro chacoalhou. Fiquei vendo o veículo partir, soltando fumaça preta pelo escapamento. Elizabeth nunca mais vem aqui, pensei na hora; nosso relacionamento acabou. Enfiei as mãos nos bolsos e voltei para casa, arrastando os pés.

Quando cheguei, Vivek estava sentado na entrada, as costas apoiadas no batente da porta.

"Desculpa", disse assim que me viu, tentando se levantar rápido. "Não sei o que aconteceu..."

"Você sabe o que aconteceu", respondi. "Eu nem ligo mais. Cansei. Com você é toda vez a mesma coisa."

"Osita, por favor..."

"Já disse que cansei."

Ele passou a mão na cabeça, angustiado. "O que você quer que eu faça? Será que eu devia ir pedir desculpas pra ela?"

"Não vai dizer porra nenhuma pra ela", rosnei, e Vivek se encolheu. Balancei a cabeça e ergui as mãos, afastando-me dele. "Chega", disse. "Já chega." Nem olhei para trás depois de lhe dar as costas. Joguei minhas roupas em uma mala e peguei o ônibus de volta para Owerri, sabendo que perderia a aula do SAT na manhã seguinte. Não estava nem aí.

Minha mãe ficou me olhando quando entrei. "Você está em casa", disse, franzindo a testa. Fazia um tempo que eu não vinha. Normalmente ela gritava comigo por ter passado tanto tempo longe, mas dessa vez só me olhou, os ombros arqueados e cansados. Ela estava sentada na sala com uma bandeja de feijão no colo, separando as pedrinhas, e parecia que talvez tivesse chorado.

Larguei minha mala. "Sim", respondi. "Estou em casa."

Quatro

Vivek

Não sou o que as pessoas acham. Nunca fui. Não tinha boca para articular em palavras, dizer o que estava errado, mudar as coisas que sentia que precisava mudar. E era difícil, todo dia, andar por aí sabendo que as pessoas me viam de um jeito, sabendo que estavam erradas, totalmente erradas, que meu verdadeiro eu era invisível para elas. Que nem existia para elas.

Então: se ninguém te vê, você continua existindo?

Cinco

Depois que Vivek morreu, Osita foi para Port Harcourt e bebeu até sabotar sua lembrança dos dias. Não disse a ninguém aonde ia, e quando chegou lá ninguém quis saber de onde vinha ou o que tinha acontecido. Ele era alto, a pele negra imaculada, musculoso e bonito, e pródigo com a bebida, então os trabalhadores de usinas de petróleo com quem acabou se juntando adoraram andar com ele. Houve quartos de hotel e mulheres, e a lembrança de uma pilha alta de copos sujos, que oscilaram antes de bater em uma pia e quebrar, e o som distorcido de gente rindo. Osita viu o vidro saltar. Sentiu um tapete nas costas e um gosto vil na boca, como se alguém tivesse vomitado dentro dela. Uma garota montou em seus quadris e aproximou o rosto do seu, mas tudo foi ficando borrado até se tornar nada.

Depois ele estava boiando em um colchão inflável na piscina de alguém, mãos e pés deslizando pela água. Uma mulher careca nadava ao seu lado. "Você está chorando", ela comentou. Foi só então que Osita percebeu as lágrimas escorrendo para dentro de suas orelhas. Era fim de tarde e a luz estava caindo. "Está chovendo", ele disse, arrastando as palavras.

Ela riu. "Não está chovendo."

"Está chovendo dentro de mim", respondeu, e uma onda de escuridão tomou conta dele. Quando acordou, estava deitado de barriga para baixo em uma espreguiçadeira, a cabeça virada para o lado. Havia um montinho de areia no cimento junto dele, jogado por cima de seu vômito seco. Não tinha mais ninguém à beira da piscina. Osita sentou-se e achou uma garrafa de Schnapps que alguém havia deixado no chão. Ainda tinha um quarto da bebida dentro.

Bebeu um pouco mais.

Ficou sumido por algumas semanas, e só foi encontrado porque sua tia foi a Port Harcourt atrás dele. Uma Nigesposa de lá colocou Kavita em contato com um taxista que conhecia todo mundo na cidade.

"Ele é alto", ela explicou. "Bem preto. Gorimakpa. E tem um dente da frente quebrado."

Dois dias depois, o taxista a levou a um dos hotéis. O recepcionista rapidamente a deixou subir porque ela era indiana e estava irritada e fazia exigências em voz alta. Quando destrancaram uma porta perto do fim do corredor, Kavita entrou e encontrou Osita deitado na cama, roncando alto, a respiração gorgolejando no peito. Ela virou o rosto ao sentir o cheiro do quarto e cutucou o sobrinho no ombro. Osita deu um pulo, grunhindo de susto e esfregando os olhos. Havia dias que não fazia a barba; pelinhos espetados se espalhavam da curva de seu crânio até o rosto.

"Titia Kavita? O que você está fazendo aqui?"

"Pode se vestir", ela disse. "Vou te levar pra casa."

Ele se levantou, obedecendo automaticamente, ainda que de cabeça enevoada. "Me dá cinco minutos", pediu, tropeçando até o banheiro de cuecas, a tia assistindo. Era impossível para Kavita olhar para Osita sem ver seu filho, Vivek — os dois ainda meninos, sentados juntos na mesa de jantar, correndo pela casa com seus bonecos de luta livre, brincando de combates no tapete da sala. Quando começou a procurar o pequeno amuleto que Vivek costumava usar no pescoço e não achou, a primeira pessoa em quem pensou foi Osita.

O amuleto estava sumido desde antes do enterro, mas Kavita não quis procurar por ele direito na época. Se o achasse logo, teria que enterrá-lo com o filho; até Chika notou que havia sumido. Se o encontrasse depois, poderia ficar com ele. Vasculhou o quarto de Vivek atrás do amuleto após o enterro, mas ele não estava lá. Ligou para Maja e Rhatha e Ruby e pediu que perguntassem aos filhos se tinham visto o amuleto em algum lugar. Todos disseram que não. A única pessoa que faltava era Osita, mas como Kavita não estava falando com Mary, fez Chika ligar para Ekene para saber dele.

"Não o vimos mais", Ekene informou. "Estamos até um pouco preocupados. Ele disse que estava indo para Port Harcourt a trabalho, mas não tivemos mais notícias. Não é comum ele fazer esse tipo de coisa. A Mary disse que ele andava bebendo muito antes de ir. Não sei o que vai ser desse garoto."

Chika disse que seria ridículo sair atrás de Osita. "Ele tem vinte e três anos, não é mais criança", disse. "Deixem o homem em paz." Kavita o ignorou e foi a Port Harcourt assim mesmo. Precisava encontrar aquele amuleto.

Agora, parada no quarto de hotel do sobrinho, ela sentia um pouco de inveja. Se pudesse ter fugido e jogado tudo para o alto daquele jeito, para fazer sabe Deus o que com sabe Deus quem, não teria pensado duas vezes. Mas ela tinha marido e, por mais inútil que ele fosse, não era alguém que ela pudesse largar, não numa hora daquelas.

Kavita ouviu a água do chuveiro correr, depois o silvo mais alto do sobrinho urinando na curva interna do vaso sanitário. Olhou ao redor do quarto, para as roupas e cuecas espalhadas pelo chão, para as garrafas vazias e as embalagens de camisinha, fazendo uma careta ao ver um preservativo usado ao lado da cama. Mary teria um treco se visse aquilo, pensou. Às vezes Kavita sentia falta da cunhada, mas sempre que aquela dor surgia em seu peito, ela se lembrava que a Mary de hoje não era a mesma Mary que conhecera anos atrás. Você perdeu essa irmã faz muito tempo; ela se foi, assim como Ahunna. A única diferença é que o corpo dela ainda anda por aí.

Os sons de água do banheiro cessaram e, alguns minutos depois, Osita saiu vestindo jeans e camiseta. Kavita o observou recolher suas coisas espalhadas e enfiá-las na mala. Seu constrangimento era palpável ao apanhar as embalagens de preservativos e a camisinha usada, jogando-as no cesto de lixo, mas a tia não disse nada e, felizmente, ele também não.

"Estou pronto", ele disse, fechando o zíper da mala e colocando-a de pé. Kavita assentiu com a cabeça e Osita olhou ao redor do quarto mais uma vez ao saírem.

Quando deixaram Port Harcourt de carro, Osita encostou a cabeça na janela e caiu no sono, lascas de lembranças cintilando na cabeça. Estranhava o fato de estar no quarto de hotel — não se recordava nem de ter se hospedado lá. Ficou aliviado ao ver as embalagens de camisinha, mas só tinha uma memória vaga de usá-las. As coisas ficaram ainda mais estranhas quando a tia surgiu, mal parecendo real, mas ele a seguira como se ela fosse a salvação, e agora estavam indo para casa.

Osita pressionou a testa contra o vidro da janela enquanto uma lembrança embaçada tentava emergir. Um homem. Esfregou os olhos e tentou localizar a imagem. Sim, definitivamente houve um homem, naquele mesmo quarto de hotel. Baixo e atarracado, com músculos peludos. Libanês. Osita lembrava-se vagamente de o homem tê-lo despido e depois tirado a própria camisa, expondo uma barriguinha firme. Sua voz desconhecida dizendo que Osita era lindo, tão preto e tão lindo. Osita havia ficado em silêncio, a cabeça girando, braços e pernas desajeitados. Lasca de lembrança: o suor do homem emaranhando os pelos do peito dos dois quando ele se esfregou em Osita, uma névoa de vozes alteradas. A bochecha de Osita pressionada contra o colchão, uma mão forçando sua nuca para baixo, os quadris do homem empurrando, procurando. O som de grunhidos pesados, uma pontada de dor, uma explosão de raiva.

No carro, Osita se afastou da janela e olhou para a mão direita. Estava inchada. Enquanto a encarava, uma dor fraca subia pelo braço, lembrou-se de ter levantado da cama com um rugido, a mão esquerda apertando a garganta do libanês, e de ver aquele poder desdenhoso evaporar dos olhos dele, substituído por um medo doentio. O homem achou que Osita estivesse bêbado demais para resistir, mas Osita era muito mais alto que ele, muito maior, e se alimentava de uma dor irracional que estava pronta para virar raiva. Ele segurou o homem pela garganta e socou seu rosto com a mão livre, numa enxurrada de golpes curtos e certeiros que abriram seu supercílio e banharam suas bochechas de sangue. A escuridão voltou, e a lembrança seguinte era do homem saindo do quarto cambaleando, segurando a roupa junto do peito, xingando alto.

Osita havia capotado na cama e fora acordado por Kavita. Pensando bem, tinha sido muito bom ela aparecer para buscá-lo naquele momento. Ele tinha a sensação de que o libanês voltaria — as pessoas não reagem bem quando são desbancadas com uma surra. Ele embalou a mão, perguntando-se por que não notara a dor durante o banho. Naquela hora, ela estava difusa — tudo nele doía, dentro e fora —, mas agora era concentrada e intensa. Kavita se aproximou e examinou a mão ferida com delicadeza, ignorando quando ele se encolheu. Remexeu na bolsa e lhe deu paracetamol e uma garrafa de água. "Toma", disse. Osita engoliu os comprimidos, obediente. O abismo em seu peito estava crivado de dor, e sua mente comparava as lembranças do toque de Vivek e do estranho no quarto de hotel. Houve uma festa, ele se lembrava agora, e todo mundo tinha ido embora até que só restasse o homem, "ajudando" Osita a ir para a cama com suas mãos gananciosas. O tempo todo que passou em Port Harcourt, Osita só tinha transado com mulheres — desde que Vivek morreu, era assim. Parecia mais seguro, como se ele não estivesse entregando nenhuma parte importante de si mesmo, nem alma nem coração, apenas o corpo, que não importava mesmo. Por isso o ataque do estranho tinha sido especialmente violento, e Osita se sentia feliz por ter dado uma surra nele.

Estrangeiro de merda, achando que podia se apossar do que quisesse. Nenhum homem tinha encostado nele desde a morte de Vivek e, pelo jeito que Osita se sentia naquele momento, talvez nenhum homem voltasse a tocá-lo.

Descansou a cabeça no ombro de Kavita. Ela deu um tapinha em sua bochecha. "Tente dormir", aconselhou, "tem um engarrafamento." Osita fechou os olhos e fizeram o resto da viagem de volta para Ngwa em silêncio.

O amuleto que Kavita estava procurando foi um presente que ela recebeu do dr. Khatri quando Vivek ainda era bebê. Era de prata, uma imagem de Ganesha, e pendia de uma corrente fina de prata. "Dê ao seu filho", ele disse. "Não o deixe tirar nunca." Kavita ainda se lembrava do calor das mãos do tio quando ele apertou o amuleto nas suas, o octógono do pingente lhe cortando levemente a palma. "Me promete, beti."

Mesmo tendo se convertido ao catolicismo, e mesmo o amuleto sendo um ídolo, Kavita concordara. Guardou-o por vários anos, temendo que Vivek, ainda pequeno, engolisse o pingente e engasgasse. No dia em que finalmente deu a joia a ele, quando tinha seis anos, Vivek olhou para ela com seus olhos escuros e sérios e insistiu em colocá-la sozinho. Suas mãos se moveram como se estivesse num ritual quando levantou a corrente sobre a cabeça e soltou. Daquele dia em diante, Ganesha ficou descansando logo abaixo do encontro das clavículas de Vivek, mas não estava lá quando seu corpo apareceu na porta de casa. Depois do enterro, Chika concluiu que a joia devia ter sido roubada, claro que tinha sido roubada — era de prata, prata de verdade, afinal de contas, não aquelas coisas folheadas. Mas Kavita não queria acreditar naquilo. Não podia ter sido roubada, não podia ter se perdido. Ele devia ter tirado e guardado em algum lugar.

"Ele não tirava aquilo nunca, mulher." Chika nem se levantou da cama para falar, seguindo-a com os olhos enquanto ela vasculhava a própria penteadeira. "Por que estaria aí? Você está sendo ridícula."

"Cala a boca!", ela gritou. "Você não sabe. Você não sabe o que aconteceu. Não sabe onde ele colocou! Se não quer me ajudar, me deixa em paz." Chika balançou a cabeça e virou de costas, deixando-a sozinha com sua loucura. Aquela bobagem o deixara sem energia.

Kavita não tinha tempo para conversar com o marido. Os amigos dele vinham a casa ver como ele estava; até Eloise telefonou algumas vezes para saber dele. Kavita só pensava em encontrar o colar. Tinha esperança de que Osita soubesse onde estava.

"Pode ficar aqui quanto tempo quiser", disse a ele, quando chegaram em casa. "Me ajuda a procurar o pingente no quarto dele. Sabe de qual estou falando? Aquele de prata?"

Osita fez que sim. "Aquele com o deus de cabeça de elefante."

"Isso, exatamente. Se ele tirou, pôs em algum lugar seguro. Eu já procurei, mas sei como vocês são. Deve haver um lugar especial, algum lugar onde ainda não olhei." Seu rosto estava tomado por uma esperança desesperada.

Osita ficou desconfortável. Sabia tão bem quanto Chika que Vivek nunca tirava o colar, mas percebeu que seria inútil dizer isso a Kavita. Quando chegaram ao quarto de Vivek, Osita parou na porta, a pele formigando. Era estranho estar ali, naquele novo vazio. Olhou as cortinas de veludo bordô que bloqueavam o sol e se lembrou das tardes que passaram ali — travando lutas elaboradas na colcha, quando crianças, ouvindo música, falando de suas paixões. E aí, anos mais tarde, depois que Vivek voltou da universidade, aquelas tardes esparsas em que não estavam na casa de Juju nem no quarto de empregados, quando fechavam as cortinas de veludo e ficavam deitados no escuro, sussurrando. Agora o ar do quarto tinha um gosto empoeirado e solitário.

Kavita olhou para Osita e ele entrou, coçando a cabeça. "Ahn, talvez aqui?", sugeriu, indo até a estante de livros. "Ele escondia coisas dentro dos livros."

"Qualquer um?" Kavita ficou atrás dele, encarando as prateleiras.

"Não." Osita puxou um livro: o exemplar de Vivek de *The Beautyful Ones Are Not Yet Born*, de Ayi Kwei Armah. "Em geral só neste aqui", disse, abrindo o livro. Uma flor seca prensada caiu do livro quando o folheou, e Kavita a recolheu com cuidado. Ela revirou a flor nas mãos enquanto Osita tirava algumas cartas de dentro do livro e as enfiava no bolso sem que a tia percebesse. "Não está aqui", disse. Kavita ergueu os olhos, desapontada, e pôs a flor na prateleira.

"Tem certeza?" Osita lhe entregou o livro. Ela o folheou devagar, depois o sacudiu, como se o pingente fosse pular das páginas. "Não tem nenhum outro lugar onde ele poderia ter guardado?"

Osita fingiu pensar, olhando ao redor do quarto outra vez. Estava ficando deprimido com aquela encenação, especialmente porque sabia que terminaria mal para ela. Foi até o colchão e o ergueu para verificar embaixo.

"Já olhei aí", Kavita disse. "Só tinha umas camisinhas."

Osita ficou feliz que ela não pudesse ver seu rosto. Vasculhou todas as gavetas da cômoda com Kavita atrás dele, o rosto cada vez mais triste. "Não está aqui, né?", ela finalmente admitiu.

Osita suspirou. "Eu sinto muito mesmo, titia Kavita. Acho que não." Encheu-se de culpa ao vê-la balançando a cabeça, passando o dorso da mão nos olhos.

"Era como se fosse uma parte dele", ela disse, "e agora se foi, e ele se foi." Fungou e olhou para o sobrinho, o rosto desmoronando. "Ele se foi, Osita. Não consigo acreditar que ele se foi."

"Eu sei, titia. Eu sinto muito." Ele a abraçou no silêncio murmurante do quarto vazio de Vivek, segurando-a enquanto ela chorava.

No fim do corredor, Chika ouviu os soluços cada vez mais altos da esposa, o celular ao seu lado, a tela acesa por chamadas perdidas. Não saiu da cama.

Seis

Vivek

Guardei o livro por causa do título, por causa do jeito que escreveram a palavra. *Beautyful*. Eu não tinha ideia de por que tinham escolhido grafar daquele jeito, mas gostava, porque deixa a palavra *beauty*, beleza, intacta. Não a engoliram, não a mataram trocando o *y* por um *i* para fazer uma palavra nova. Era sólida; continuava ali, tanto que nem cabia em uma nova palavra, tanta abundância. Dava para entender melhor o que estava criando aquela abundância. *Beauty*. Beleza.

Beleza.

Eu queria ser inteiro como aquela palavra.

Sete
Osita

Passei o último ano do ensino médio evitando a casa de Vivek, sem querer ver seus olhos nem lidar com o choque de sua voz. Também não vi mais Elizabeth, mas sabia que as coisas entre nós tinham azedado; não conseguia imaginar o que fazer para consertar aquilo. Evitava o clube, convencido de que a encontraria lá, nadando na piscina ou a caminho das quadras de squash, suas pernas se afastando das minhas.

    Minha mãe ficou felicíssima, sem falar nada, de me ver passar tanto tempo em casa. Os prazos para me candidatar a universidades no exterior vieram e se foram. Pode ser que titia Kavita tenha lembrado minha mãe deles, mas os lembretes nunca chegaram a mim. Até me perguntei se deveria ir em frente, mas depois da briga com Vivek, me pareceu mais fácil simplesmente deixar para lá. Disse a mim mesmo que sempre fora mais um sonho da titia Kavita, afinal. Era estranho que, por acaso, aquilo nos unisse, eu e minha mãe — a ideia de uma educação no exterior morrendo em um canto escuro, como uma planta sem água. Em lugar disso, me inscrevi em universidades do país, as mais próximas de casa. A família de Vivek andara nos vendendo sonhos que eu não queria mais comprar; meu pai estava certo, eles não eram minha casa.

    Vivek foi à minha formatura com os pais. Agimos como se estivesse tudo bem quando nos vimos, mas nos evitamos o resto do dia. Antes de irem embora, titia Kavita veio falar comigo.

"Por que você não aparece mais lá em casa, beta? Já teve resposta das universidades americanas? Mandei os formulários para sua mãe. Você os enviou, né?"

Eu não tinha ideia de quais formulários ela estava falando; nunca vira nenhum. "Sinto muito, titia. Não fui aceito em nenhuma universidade." Tentei parecer envergonhado, o que não foi muito difícil. "Tive medo de te desapontar."

"Ai, Osita!" Titia Kavita me deu um abraço apertado. "E o que vai fazer agora?"

"Tentei algumas universidades daqui, por via das dúvidas. Nessas deu tudo certo. Meu pai quer que eu vá estudar em Nsukka."

Ela sorriu e me deu um tapinha na bochecha. "Bom, pelo menos você vai ficar por perto. O Vivek vai começar a fazer as inscrições dele logo. Vamos torcer pelo ano que vem!"

Minha mãe nos interrompeu; estava juntando a família para tirar uma foto. Seus olhos encontraram brevemente os meus, e me perguntei quanto ela teria ouvido, quanto estava escondendo. Não estava a fim de desenterrar seus segredos. Ficamos um ao lado do outro na foto; ainda a tenho por aqui. Estou usando uma beca de um azul profundo, com cara de mal-humorado, a borla pendurada sobre o rosto.

Vivek não está nem olhando para a câmera. Seus olhos estão voltados para o lado, o queixo abaixado. Titia Kavita está com um braço ao redor de sua cintura; ela só chega aos ombros dele. Meu pai e meu tio estão lado a lado, irmão com irmão. Minha mãe sorri tanto que é impossível não olhar para ela, parece determinada a partir o rosto em dois. Cabemos confortavelmente no enquadramento, todos juntos.

Depois que entrei na universidade em Nsukka, minhas viagens de volta para casa em Owerri ficaram mais raras. Também não ia a Ngwa. Passou-se um ano inteiro, talvez dois, antes que eu voltasse a ver Vivek ou seus pais. Escrevi cartas, até liguei algumas vezes depois que eles instalaram um telefone fixo em casa, mas perdi a formatura de Vivek, seus aniversários de dezoito e de dezenove anos, e só mais tarde descobri que ele nunca chegou a ir para os Estados Unidos. Ninguém me disse o porquê. De acordo com minha mãe, ele acabou se matriculando na Nnamdi Azikiwe. Um semestre depois, De Chika o tirou de lá — e ainda assim ninguém me contava o que estava acontecendo.

"Desde quando você se importa com seu primo?", disse meu pai quando perguntei. Estremeci com o tom de censura em sua voz. Ele nunca comentou sobre nosso rompimento, mas obviamente tinha notado, e parecia me culpar. Eu quis discutir, mas meu pai saiu de perto sem esperar minha resposta; me deixou para trás, envergonhado.

"Não se preocupa", disse minha mãe. "Concentre-se em seus estudos. O menino vai ficar bem. Os pais só estão mimando o filho."

"Mas o que está acontecendo?", perguntei. "Por que o tiraram da universidade?"

Ela hesitou, e então agitou a mão em um gesto vago. "Ele não está bem, mas não se preocupe. Deus vai cuidar dele."

Àquela altura, meu pai havia reduzido sua jornada de trabalho para poder passar mais tempo na casa da minha avó na aldeia. "Estou ficando velho", dizia ele, como se isso explicasse tudo, e talvez explicasse. A casa foi reformada e transformada num duplex, e ele instalou uma linha telefônica lá. Minha mãe e eu íamos passar alguns fins de semana com ele, era como tirar umas férias curtas de Owerri. A aldeia era ampla — um mundo de terras, plantações e natureza, não parecia com as vilas nem com as cidades, onde tudo era apertado e barulhento. Procurávamos rotas de fuga em qualquer lugar.

Uma noite, na casa da aldeia, peguei o telefone na sala do andar de cima e ouvi De Chika falando com minha mãe. Eu devia ter desligado, mas o que fiz foi me agachar ao lado do sofá, pressionando as costas no couro e cobrindo o bocal com a mão para que eles não me ouvissem respirar.

"Sabe que o Osita está aqui com a gente", minha mãe estava dizendo. "Talvez seja uma boa hora pra trazer o Vivek pra cá. Lembra como eles eram próximos quando eram crianças."

"Mary, não sei. Não sei o que está acontecendo com o meu filho." De Chika parecia preocupado. "Sabia que ele parou de cortar o cabelo? Se você o visse agora, parece um doido..."

"Rezaremos por ele", minha mãe respondeu. "As forças das trevas não hão de triunfar! Não, ele não está perdido. Ele não pode estar perdido." Senti que ela já começava a se agitar em um frenesi religioso.

"Não estou preocupado com a alma dele, Mary", De Chika respondeu na hora. "Estou preocupado com a cabeça dele. A Kavita não dorme mais. Fica indo ver se ele está na cama, mas o menino nem dorme mais lá. Fica vagando pela casa. Vai e se deita na varanda com os cachorros. Às vezes sobe na árvore no quintal e fica lá."

"Ahan!" Minha mãe ficou tão surpresa que interrompeu o fluxo de inspiração espiritual que estava tentando criar. "E vocês já lhe perguntaram o que ele acha que está fazendo? Ele não pode largar a universidade e ficar se comportando desse jeito."

"Ele diz que não consegue dormir. Que em cima da árvore os cachorros não enchem o saco dele e ele sente o vento melhor, umas bobagens assim. Quando a gente pediu pra ele tentar falar coisa com coisa, foi aí que parou de falar de vez. Mary, eu não quero que os vizinhos o vejam desse jeito."

"Mas claro! Pobre da Kavita. Então vocês três vêm, abi?"

"Sim. Não posso deixar nenhum dos dois em casa, e ela se recusa a deixá-lo sozinho. Sabia que ela deu um tapa nele um dia desses?"

"Ahn, ela me contou. Disse que estava se sentindo culpada. Eu disse que um rapaz que não tem respeito pela mãe nem pra se comportar como um ser humano na casa dela devia estar preparado para receber um corretivo. Vocês não batiam nele quando ele era criança?"

"Era diferente. Ele era pequeno, obediente. A Kavita não te disse que ela está com medo?"

Minha mãe ficou alerta. "Com medo? Ele levantou a mão pra ela?"

Me encolhi. Ela estava querendo saber se ele era como eu. Da última vez que ela tinha tentado me dar um tapa, agarrei o pulso dela e empurrei seu braço para baixo. Foi apenas através do véu da minha raiva que acabei vendo a dor e o medo nos seus olhos.

"Tufiakwa!", disse De Chika. "Como assim? Não, foi só o jeito que ele olhou pra ela depois do tapa, como se tivesse ódio dela. E estou falando de ódio *mesmo*, do fundo do coração. E aí, passou, puf! Os olhos dele ficaram vazios que nem um balde — foi o que ela disse. Kavita caiu no choro e ele só fez ficar lá, olhando pra ela."

Minha mãe suspirou no telefone. "Chai, quanto sofrimento! Oya, venham pra cá ficar com a gente e talvez o ar daqui ponha a cabeça dele no lugar. Sabe que é por isso que o Osita gosta de vir aqui também? Ele diz que aqui é tudo mais limpo que em Owerri, que o ar é puro."

"Ọdịnma. Vamos amanhã de manhã. Manda um oi pro Ekene." De Chika desligou, minha mãe também, e eu fiz o mesmo. Minutos depois, ela me chamou lá embaixo e me deu uma lista de tarefas para nos prepararmos para a chegada deles.

À noite, estávamos sentados juntos à mesa, comendo garri e tomando sopa oha.

Meu pai se serviu de um copo de Guinness. "Que horas eles chegam amanhã?"

"Disseram que vão sair cedo de Ngwa", minha mãe respondeu, servindo mais sopa para o marido. "Então, se não tiver muito trânsito, lá pelas nove?"

"Você preparou o quarto de hóspedes pros seus tios?", ele me perguntou. "Seu primo vai dormir no seu quarto com você."

Fiz que sim com a cabeça. Ele me olhou feio por um instante antes de se virar para minha mãe e dizer algo sobre como as crianças de hoje não sabem usar a boca para falar com os mais velhos. Moldei uma bolinha de garri na mão e pensei na última vez em que Vivek e eu estivemos juntos na aldeia. Tinha sido uns cinco anos atrás, talvez, antes da história com a Elizabeth, quando ele voltou do internato para o Natal. Tinham raspado a cabeça dele por lá, e eu brinquei que ele parecia um refugiado do Níger, uma daquelas crianças que viviam mendigando nos mercados. Fomos nadar no rio e quando ele tirou a camiseta, vi pequenas cicatrizes arredondadas pontuando suas costelas. Perguntei o que tinha acontecido e ele me olhou como se eu estivesse querendo puxar briga. Cigarros, disse. Dos meninos mais velhos. E aí pulou na água e me molhou inteiro, apesar de eu ainda estar vestido. Nadamos até que minhas roupas secassem na ribanceira.

Agora, aquilo tudo parecia uma coisa que nunca tinha acontecido.

Saí para correr na manhã seguinte, antes que Vivek e seus pais chegassem. Meus tênis estavam cheios de areia quando voltei para casa, então os esvaziei perto da porta e entrei em casa só de meias. Meus pais estavam sentados na sala de visitas e minha mãe segurava as mãos de titia Kavita, rezando baixinho, mas com urgência. De Chika estava enchendo um copo de cerveja Star, embora ainda fosse cedo. Meu pai tomava um café. Baixei a cabeça e murmurei uma saudação que De Chika respondeu silenciosamente, gesticulando para que eu saísse dali. Todo mundo sabia que era melhor não interromper as rezas da minha mãe.

Parei na porta do meu quarto, adivinhando que Vivek já estaria lá dentro, e me perguntando se deveria bater. Uma onda de irritação me atingiu: aquele não era o meu próprio quarto, na casa dos meus pais? Abeg. Abri a porta e entrei, jogando meus tênis num canto com um estrondo e me preparando para ver meu primo pela primeira vez em anos.

Vivek estava sentado na minha cama e virou a cabeça quando me ouviu entrar. Logo de cara, não consegui dizer nada. Só fiquei olhando para ele em choque, e qualquer ideia sobre reclamar meu espaço evaporou. Quando De Chika disse que Vivek tinha parado de cortar os cabelos, pensei que estariam nos ombros, no máximo. Sempre tinham sido crespos, longos a ponto de cair sobre seu rosto — a gente brincava que, se alisassem seu cabelo, ele ia ficar parecendo modelo de uma propaganda de xampu Sunsilk. Ele tinha os olhos e os lábios do De Chika, o mesmo nariz aduncto, até aquele tom avermelhado debaixo do dourado-escuro da pele, mas o cabelo era preto como o da mãe. Agora passava de suas escápulas, embaraçado, meio emaranhado no azul de sua camiseta. Ele tinha emagrecido e seu pescoço parecia mais longo, o rosto equilibrado em cima dele. Sua correntinha de prata brilhou debaixo da gola, o pequeno elefante jazendo em sua pele. Ele deu um sorrisinho ao ver a expressão em meu rosto.

"Nna mehn, não sou nenhum mascarado. Para de me encarar desse jeito."

"Você tem se olhado?", retruquei. "Tem certeza de que não é um mascarado mesmo? Jesus Cristo." Sentei-me de frente para ele, com os cotovelos apoiados nos joelhos. Era óbvio que alguma coisa tinha se apoderado do meu primo. "Gwa m ihe mere", eu disse. "Quero saber. Dá pra ver que você não está bem."

Vivek riu. "Você está parecendo minha mãe."

"Estou falando sério. Foi por isso que seus pais te trouxeram aqui para a aldeia."

"Sabia que a sua mãe já tentou rezar por mim?"

"Minha Santa Maria. O que você esperava?" Examinei-o mais de perto. Ele parecia muito cansado. "Você não anda dormindo muito."

"Já vi que eles contaram tudo direitinho", ele respondeu. "Tenho certeza que todo mundo já ouviu todos os detalhes." Seus lábios tremiam ao falar.

"Talvez meus pais, mas não eu. Prefiro saber por você mesmo."

"Ah, Osita." Ele conseguiu dar um sorrisinho. "É uma longa história."

Tentei sorrir de volta.

"Você deixou a barba crescer", ele disse, esticando o braço para tocar nos nozinhos no meu rosto. Me encolhi. Tinha começado a raspar a cabeça, como ele fazia antes, e a barba dava uma equilibrada. Eu gostava de como minhas bochechas despontavam por cima dela, como deixava meus olhos mais escuros. Vivek acariciou minha cabeça, sentindo a mão deslizar pela minha pele, ainda molhada do suor da corrida. "Sabia que seu pai me disse que não saio daqui sem cortar ou lavar o cabelo?"

Bufei. "Eu não ia nem falar disso. Você está parecendo um sem-teto."

"Eu sou um sem-teto", ele disse, e balançou a cabeça. "Não se incomode comigo. Posso tomar um banho, ou é melhor você ir antes? Estou sentindo seu cheiro daqui."

Dei um muxoxo. "Não duvido. Biko, me deixa ir primeiro, antes de você entupir o ralo com esse cabelo de Bollywood." Ele sorriu e se levantou junto comigo, aproximando-se para me abraçar. Estava quase da minha altura e cheirava levemente a uma especiaria que eu não conseguia identificar.

"Obrigado", me disse, enquanto dávamos tapas nas costas um do outro.

"Pelo quê?"

"Por não me tratar como eles me tratam."

Minhas mãos roçaram seu cabelo emaranhado quando nos separamos. Era macio. Me afastei dele e limpei as mãos nos shorts. Vivek continuou me olhando, mas eu não conseguia encará-lo diretamente. Ele estava mais estranho do que eu queria admitir para ele ou para mim mesmo, e aquilo me deixava desconfortável.

"Vai tomar um banho", ele disse, voltando a se sentar na cama.

Me afastei como se ele tivesse concedido permissão para eu me mover, e quando entrei no banheiro, tranquei a porta. Usei um balde de água para me lavar, me esfregando e me enxaguando rapidamente, tentando me livrar do sentimento de incômodo que surgira em mim. Quando saí, enrolado em uma toalha, Vivek continuava sentado na cama, encarando as barras da janela à sua frente, de costas para mim. Abri meu guarda-roupas e me vesti. Ele não se mexeu. Esperei um minuto antes de interromper seu ensimesmamento. "Vivek. O banheiro está liberado."

Ele levou um susto e virou para mim, umas mechas de cabelo caindo no rosto. "Está bem, bhai", respondeu — irmão, um apelido antigo que me dera. Nós dois éramos os únicos filhos de nossos pais, os únicos filhos homens, mais irmãos do que primos, essa era a piada. Meu peito sempre se apertava quando ele me chamava assim. "Diz pra eles que eu desço logo", completou, me dispensando do quarto. Assenti e fechei a porta ao sair.

Minha mãe havia posto na mesa um café da manhã tardio, com latas de chocolate em pó Milo e Bournvita ao lado do leite Ninho e da garrafa de água quente, pão e geleia de goiaba — eu sabia que titia Kavita tinha trazido a geleia, porque só ela fazia o doce —, mais um prato de ovos cozidos e outro cheio de bolinhos akara.

"Tem akamu no fogão", minha mãe avisou. "Vai lá se servir."

Titia Kavita me abraçou. Mesmo com os cabelos enrolados em um coque, ela não batia nem no meu ombro. "Como está ele?", sussurrou.

"Ele está bem", respondi. "Está lavando o cabelo."

Meu pai bufou e se sentou; minha mãe pairava atrás de seus ombros, colocando comida em seu prato. "É bom que ele esteja lavando aquele cabelo. Chika, você devia ter feito ele cortar o cabelo assim que pôs os pés na sua casa."

De Chika deu de ombros e puxou uma cadeira para titia Kavita. "Vou falar o quê, Ekene? Não dá pra eu me sentar em cima dele e raspar sua cabeça à força."

"Então você devia ter botado ele pra fora! Que absurdo é esse?"

"Já chega, Ekene." O tom de titia Kavita era suave, mas firme. "Ele é meu filho, meu único filho. Não vou mandá-lo embora, ainda mais agora que ele está doente."

Meu pai parecia querer dizer alguma outra coisa, mas minha mãe pôs uma mão em seu ombro enquanto lhe servia o café, e ele se aquietou.

Fui até a cozinha e coloquei o akamu, espesso e gelatinoso, na minha tigela, depois voltei para a mesa e adicionei uma camada de açúcar. De Chika pegou o açucareiro da minha mão e acrescentou duas colheres de chá ao seu café. Pelo menos ele não estava mais bebendo cerveja no café da manhã. Deixei meu akamu esfriar um pouco — eu gostava quando estava mais frio e começava a formar uma película. Por algum tempo, comemos juntos em silêncio, colheres tilintando contra tigelas e xícaras de café, até que meu pai se inclinou e ligou o rádio, o novo som zumbindo baixinho pelo cômodo.

"Amma!", a voz de Vivek ressoou do meu quarto e titia Kavita levantou a cabeça num pulo. Até De Chika parecia meio surpreso de ouvir a voz do filho. "Amma!", Vivek chamou de novo.

"Sim, beta?", ela respondeu, já se levantando da mesa, a voz meio trêmula. "O que houve?"

"Você pode vir aqui me ajudar com meu cabelo?"

Titia Kavita se animou com o pedido. "Mas é claro, beta! Estou indo."

Meu pai levantou os olhos do prato. "Mary, você tem uma tesoura para emprestar, abi?"

Titia Kavita saiu da sala olhando feio para ele, e meu pai soltou um suspiro. "Valeu a tentativa. Andar por aí parecendo um profeta. Ridículo."

De Chika o ignorou e abriu um jornal, uma fatia mordida de pão com geleia à sua frente. Mergulhei um akara na minha tigela e comi devagar. Quando terminei meu café da manhã, Vivek e a mãe ainda não tinham saído do quarto. De Chika finalmente percebeu e me pediu para ir ver o que estava acontecendo.

Desta vez eu bati. "Entra", titia Kavita disse, e eu abri a porta. Vivek estava sentado na cadeira perto da janela e sua mãe passava um pente em seus cabelos, agora desembaraçados e brilhosos, jogados sobre o pulso dela. Ele tinha um frasco de óleo de coco aberto entre as coxas e os olhos estavam semicerrados. "Estamos quase terminando", ela informou. "Levou um tempinho para pentear direito."

"Imagino", respondi. Minha tia sorriu distraidamente.

"Eu sempre quis ter uma filha, sabia? Depois do Vivek. Pra poder cuidar do cabelo dela."

"Deus escreve certo por linhas tortas", brinquei, e ela riu de verdade.

"Não exatamente", disse. "Não é que dê para fazer tranças nele."

"Pode fazer, se quiser", Vivek disse, sem abrir os olhos.

"Tsc!" Titia Kavita deu um tapa no ombro dele. "Seu pai ia me matar!" Ela voltou a penteá-lo, movendo o pente pelo cabelo em pequenas ondas. Àquela altura, já o fazia só por fazer.

"Não", disse, quase falando sozinha. "Não podemos trançar. Vou só amarrar pra trás, pra parar de cair no seu rosto. Você sabe que seu pai fica doido com isso." Ela passou o pente mais algumas vezes, e então segurou o cabelo em uma mão, alisando-o para trás das orelhas e da testa dele, antes de prendê-lo com um elástico na nuca e torcê-lo em um coque desajeitado. "Deixa assim", disse. "Seu cabelo é bem grosso."

Ele jogou a cabeça para trás e sorriu. "Daalụ", disse, e ela se inclinou e deu um beijo em sua testa.

"Venha tomar café. Você já terminou, Osita?"

"Sim, titia."

Ela espanou a camisa de Vivek com a mão quando ele se levantou. "O que você quer comer, beta? Tem pão, e eu trouxe aquela geleia de que você gostava, e a titia Mary fez akamu, mas talvez a gente tenha que esquentar." Ele fez uma careta para mim quando saíamos do quarto, a voz da mãe derramando-se, solícita, sobre ele. Respondi com outra careta para indicar que ele estava sozinho nessa, e fui com eles até a sala.

"Não estou com fome, Amma."

"Não, você tem que comer alguma coisa. Vou esquentar o akamu." Ela foi até a cozinha e Vivek se sentou, meu pai e o dele o encarando.

"Está melhor assim", De Chika disse. "Amarrado pra trás."

Dei uma risadinha. "Ah, Dede, é só cabelo." Vivek sorriu, mas ambos apagamos qualquer expressão do rosto quando meu pai baixou o jornal e nos olhou feio.

De Chika se voltou para mim. "Como estão as coisas em Nsukka?"

"Tudo bem. As aulas até que são legais."

"Sua mãe contou que você tem uma namorada por lá. Seu pai tinha sua idade quando se casou, sabe."

"Nem presta atenção nesse menino." A voz de deboche do meu pai veio de trás das páginas do jornal. "Brincadeiras e mais brincadeiras, é só o que esse aí entende. Não sabe o que é responsabilidade."

"Você tem namorada?" Essa foi do Vivek.

"Não é nada sério", respondi.

"Sua mãe falou que é sério", De Chika disse.

"Chika, você e minha mulher fofocam mais que duas velhas." Meu pai balançou a cabeça. "Não é com a sua mulher que ela devia ter esse tipo de conversa?"

"A Kavita não está interessada nesses assuntos. Eu, sim. Se você não se interessa pela vida do seu filho, problema seu." De Chika deu um sorrisinho; sempre tivera prazer de irritar o irmão mais velho. Meu pai revirou os olhos e retomou a leitura, mas eu sabia que ele continuava ouvindo.

Titia Kavita voltou com uma tigela de akara. "Come isso, o akamu está esquentando." Vivek pegou a tigela e começou a desmanchar um akara em pedacinhos, colocando um ou outro na boca. A mãe sorriu para ele e seguiu de volta para a cozinha.

"E aí, é sério?", Vivek perguntou.

Eu estava começando a ficar irritado. "Não é da sua conta", respondi.

"Você sabe que eu vou ser seu padrinho de casamento. Acho que é da minha conta sim."

"É um bom argumento", De Chika concordou.

Percebi que ele estava feliz de ver Vivek conversando. Eu não queria estragar o momento. "A gente está só se conhecendo", respondi. "É só isso."

Era tudo mentira. Não tinha garota nenhuma em Nsukka. Eu tinha inventado aquilo uma vez quando liguei para minha mãe, e a felicidade dela tinha sido tamanha que não dava para murchá-la com a verdade. O que fiz foi fingir que queria ser discreto sobre o assunto, para evitar perguntas. Isso permitiu que sua imaginação construísse a nora perfeita, e eu não precisei falar mais nada; ela conseguia conduzir uma conversa inteira apenas com base nisso.

"Qual o nome dela?", Vivek perguntou.

"Jesus Cristo, Vivek. Cuida da sua vida!"

Minha mãe deu um grito da cozinha. "Osita! Você usou o nome do Senhor em vão?!"

Vivek deu uma piscadela e senti uma onda de raiva me atravessar. "Desculpa, mãe!", gritei e me levantei da mesa. "Vou sair", disse.

"Seu primo veio te visitar e você vai sair?" Meu pai me deu uma daquelas olhadas dele e eu o encarei de volta.

Vivek riu. "Não tem problema, Dede. Deixa ele ir. Eu o irritei."

"Irri… o quê? Meu amigo, se você não sentar agora…"

Titia Kavita entrou na sala e entregou a Vivek uma tigela de akamu com uma colher atravessada na borda. "Na verdade, Ekene, você se importa se eu pedir pro Osita fazer umas coisinhas para mim? Mary e eu queremos cozinhar no final do dia."

Meu pai fez uma cara feia, mas permitiu, e eu saí de casa com uma lista de compras e o peito cheio de alívio.

No jantar, Vivek estava quieto, comendo arroz aos bocadinhos, de cabeça baixa. A NEPA cortou a luz logo depois que comemos, então acendi um lampião de querosene e fui para o quarto ler um livro. Uma hora depois, Vivek entrou, fechou a porta com cuidado e ajoelhou-se ao lado da cama para acender um repelente de mosquitos. Mantive meus olhos na página enquanto o fósforo se transformava em fogo, e durante o sopro que ele deu para apagá-lo. A lâmpada fez meu livro reluzir num tom laranja opaco que se espalhava levemente pelas paredes. O resto do quarto ficou na penumbra, o cinza engolindo Vivek quando ele tirou a camisa e a dobrou, depois despiu a calça jeans e a pendurou no guarda-roupa. Continuei lendo quando ele se esparramou na cama de cueca e ficou olhando para o teto. Por fim, sua respiração se acalmou. Larguei o livro e fui para a cama, inclinando-me para apagar a chama do lampião. O quarto escureceu por completo.

Fiquei escutando os grilos lá fora e o zunido do gerador do vizinho. Meus olhos se acostumaram lentamente, e percebi a luz da lua colorindo o interior do quarto.

"Então, por que você mentiu?", Vivek perguntou, sua voz perto do meu ouvido.

"Sobre o quê?"

"Sobre a menina em Nsukka. Não tem menina nenhuma em Nsukka."

Ri, desdenhoso. "E quem te disse?"

"Ninguém precisou me dizer nada. Você mente muito mal."

Me virei para olhar para ele e seus olhos reluziam no escuro. "Cuida da sua vida, bhai."

Os dentes dele cintilaram no sorriso. "O que eu não entendo é por que você está mentindo pra eles. Você sabe que sua mãe não vai sossegar e vai acabar planejando seu casamento com essa menina inventada."

Voltei a olhar para o teto. "Ela não é inventada", respondi. Eu já estava construindo a moça na cabeça. Seu nome era Amaka. Ela era enfermeira, ou talvez professora.

"Quando quiser esconder alguma coisa", ele disse, "não use uma história fraca pra acobertar, uma história que pode ser desmascarada fácil, fácil. Você precisa proteger seus segredos melhor."

Me apoiei nos cotovelos. "Mano, estou de saco cheio de ouvir bobagem. Que segredos?"

"Talvez não seja com uma mulher que você está saindo em Nsukka", ele disse. "Um dos meus amigos no internato mentia que nem você. Ele até fazia a irmã de um dos colegas dele fingir que era sua namorada." Vivek virou o rosto para mim. "Você tem uma namorada de fachada, assim?"

Fiquei olhando para ele na luz acinzentada.

"Tudo bem se não tiver", continuou. "Só estou dizendo que você precisa melhorar sua história."

"Espera aí." A surpresa parecia ter abarrotado minha cabeça inteira. "Se não é uma mulher, com quem eu estaria saindo em Nsukka?"

Vivek olhou para mim e demorei um minuto para entender o que ele queria dizer. Me sentei, furioso. "Você está doido? Qual é o seu problema?!"

Vi o medo passar por seus olhos; ele não esperava que eu reagisse com raiva.

"Ah, sem problema", disse, sentando-se e se esticando para tocar meu braço.

Eu me afastei e pulei da cama. "Não encosta em mim. Você acha que eu sou que nem seus amigos? Ou que nem você? Foi por isso que resolveu começar a ficar com cara de mulher, então? É porque está transando com homens? Biko, não sou que nem você — esquece isso já!" Bati uma mão na outra, como se quisesse espanar aqueles pensamentos contagiosos.

Vivek olhou para mim, as costas curvadas e as pernas esticadas sobre os lençóis. Seu cabelo tinha se soltado do coque e caía pelos ombros. "Então você acha que eu pareço mulher?"

Meu peito retumbava. "O quê?"

"Foi por isso que me evitou o dia inteiro? Porque eu pareço mulher?" Ele riu e colocou os cabelos para trás. "Você está vendo peitos?"

Balancei a cabeça. Meu estômago apertava e doía. "É, você não está bem. É bom que rezem por você mesmo."

"Tudo isso porque eu disse que talvez você tenha um namorado, e não uma namorada? Não é nada demais."

"Você acha isso normal? Você acha que você, aí, que você é normal? Nada disso é normal, Vivek! Com que tipo de gente você está andando?"

"Por que você tem tanto medo? Porque é uma coisa diferente do que você conhece?" Meu primo cruzou os braços e apoiou as costas na cabeceira da cama. "Isso me decepciona, bhai. Não achei que você fosse uma dessas pessoas de cabeça fechada. Deixa isso pra sua mãe."

"Vá se foder", eu disse, e agarrei meu travesseiro.

Ele riu de novo. "Ah, vai dormir na sala? Deixa sua mamãezinha te encontrar lá amanhã de manhã, aí você conta pra ela por que não dormiu no quarto. Ou eu posso contar, se você preferir."

Eu queria bater nele. Parecia que a gente tinha voltado a ter treze anos, aquele jeito que ele tinha de se enfiar debaixo da minha pele como um verme e me fazer querer arrancá-lo de lá. "Não sou desse tipo", falei.

"Que tipo?" Vivek ergueu as mãos. "Na verdade, deixa pra lá. Não quero nem saber. Vou dormir. Faça o que quiser." Ele se deitou, me dando as costas.

Fiquei parado no escuro, segurando o travesseiro, e aos poucos comecei a me sentir um idiota. Finalmente, joguei o travesseiro de volta na cama e me deitei de costas para ele. Desgraçado. Fiquei lá, com aquela raiva fervendo um tempão antes de pegar no sono.

Durante a noite, em algum momento a luz voltou e o ventilador de teto recomeçou a girar. Eu me mexi e acordei. Estava deitado de barriga para cima, com um braço estendido; Vivek estava largado ao meu lado, sua perna encostando na minha e seu cabelo afogando meu braço, a corrente de prata e o pingente brilhando na clavícula. Quase dava para ver o contorno de Ganesha. Vivek suspirou e seus olhos se entreabriram.

"Me desculpa, bhai", sussurrou, e voltou a dormir. Quis afastar uma mecha de cabelo que estava em sua bochecha, mas tive medo demais de tocá-lo. Fiquei deitado, olhando para o teto, até que o sono me pegou novamente.

Oito

Kavita pensou que fosse uma fase — que Vivek só estava tendo algum problema, que passaria logo. Rezou sem parar, inúmeros rosários, gastando a cor das contas com centenas de ave-marias até acreditar que suas mãos estavam mesmo cheias de graça. Ela o levou à catedral para ver o padre Obinna, que o batizara e lhe dera a primeira comunhão. Vivek saiu da conversa com a testa molhada de água benta. "Reze mais", disse o padre, e Kavita acreditou nele, confiou nele. Se estivesse acontecendo alguma outra coisa, algo espiritual, ele não teria visto? Não tinha certeza. "A Igreja católica não pode fazer nada", Mary disse no telefone. "Você tem que deixá-lo vir a Owerri, aí eu o levo à minha igreja. Lá eles combatem essas coisas com fogo sagrado."

"Não sei", Kavita respondeu. "Ele anda um pouco melhor desde que a gente veio da aldeia, sabia? Voltou a comer, está dormindo na própria cama."

"Ele cortou aquele cabelo?"

"Eu não acho que isso importe..."

"Ahan! Kavita. Você sabe como são as coisas por aqui. Não é seguro pra ele ficar andando pra lá e pra cá em Ngwa daquele jeito tão... feminino. Se alguém entender errado, se acharem que ele é homossexual, o que acha que vai acontecer com ele?"

O estômago de Kavita se contraiu. Aquele pensamento tinha passado por sua cabeça também, só que era diferente — mais aterrorizante — ouvi-lo assim, articulado em palavras. Vivek não podia acabar como um daqueles corpos linchados, no cruzamento, enegrecidos pelo fogo e rígidos, grandes talhos de facão expondo a velha carne vermelha por baixo. A maioria eram ladrões, ou supostamente ladrões, mas as multidões não ouvem, e diziam qualquer coisa depois.

"Não vai acontecer nada com ele", Kavita disse a Mary. "Ele nasceu aqui, cresceu aqui. As pessoas sabem quem ele é."

Mary soltou uma risada amarga. "Você acha que isso faz diferença? Você não conhece a Nigéria. Teve gente que matou o vizinho e pôs fogo na casa. Ele não está seguro, vai por mim."

Kavita começou a se irritar. "Por que você está colocando essas ideias no mundo? O Vivek não fez mal a ninguém."

"Eu sei que é difícil escutar essas coisas", Mary disse, a voz mais gentil. "Mas você sabe como esses homens são. O menino é magrinho, tem cabelo comprido, basta um idiota vê-lo de costas e achar que ele é mulher e ficar com raiva ao descobrir que não é. Porque, se ele é um rapaz, então o que significa o idiota se sentir atraído por ele? Esse tipo de pergunta geralmente acaba com alguém se machucando. Não é por maldade que Ekene quer que Chika corte o cabelo do menino, sabe? Só estamos tentando protegê-lo. Só porque ele é mestiço não significa que vai receber tratamento especial para sempre, não se ficar se comportando desse jeito. Você é a mãe dele. Tem obrigação de protegê-lo. Estou te falando, manda ele pra cá. Podemos ajudá-lo aqui na igreja."

"Vou conversar com o Chika sobre isso", Kavita respondeu. Era uma desculpa que usava quando queria encerrar uma discussão; fingia que não podia tomar uma decisão sem ouvir o marido, e Mary, como todo mundo, parou de incomodá-la assim que ela disse isso. Despediram-se, desligaram, e Kavita entrou na sala, onde Chika lia o jornal. "Sua cunhada está me dando nos nervos", disse, sentando-se em uma poltrona, cruzando as pernas e empurrando a trança sobre o ombro, o preto de seu cabelo agora prateado pela idade. "Ela vive tentando me fazer levar o Vivek à igreja dela."

Chika não tirou os olhos do jornal. "As intenções da Mary são boas", disse, seus óculos de aro dourado se equilibrando sobre o nariz.

"Ela diz que o Vivek não está seguro, que ele parece...", ela parou. "Que alguém pode tentar machucá-lo." Sua voz ficou distorcida, hesitante, relutante em pronunciar em voz alta a possibilidade de algo pior.

O marido suspirou e largou o jornal no colo antes de virar o rosto para ela. "Bom", ele disse, "e ele está seguro?"

"Chika!"

"É uma boa pergunta, Kavita. Olha a aparência dele."

"Meu Deus, é só cabelo! Não quer dizer nada."

Chika olhou para ela de um jeito gentil, mas astuto. "Você está querendo me convencer ou se convencer?"

Os dois ficaram se encarando por alguns segundos, até que Kavita baixou os olhos. "E se tiver sido alguma coisa que a gente fez, Chika? E se a gente tiver cometido um erro em algum momento, pra ele acabar assim?"

Chika estendeu a mão e acariciou o joelho dela por cima da seda da calça. "Não se culpe", disse. "O menino tem a vida dele, e não podemos controlar tudo que acontece com ele."

Kavita assentiu, recompondo-se. "Você está certo. E, além disso, ele está melhorando. Está até saindo." Olhou para o marido. "Logo ele vai conseguir voltar a estudar e vai ficar tudo normal de novo. Você vai ver."

Chika olhou para a esposa, para a esperança pulsando em seus olhos, e não disse nada. Kavita ignorou o que ele não dizia. Ela sabia que ele desejava o mesmo para Vivek, então não tinha importância. Ele ia ver. Tudo daria certo.

Vivek continuou perdendo peso, então Kavita o levou a uma médica, que verificou sua pressão arterial e seu pulso, auscultou os pulmões e perguntou o que ele comia, franzindo a testa ao ouvir as respostas.

Ela pôs as anotações de lado e olhou para Vivek, a gola do jaleco muito branca em contraste com o pescoço. "Você sabe que não está comendo o bastante", repreendeu-o.

"Não tenho apetite", ele respondeu, dando de ombros. "Tudo tem gosto de nada."

"Você precisa tentar", disse Kavita. "Beta, dá pra ver suas costelas."

Vivek vestiu a camiseta, que ficou pendurada em seus ombros. "Vou tentar, Amma. Prometo."

"Você fuma?", perguntou a médica.

"Cigarro ou igbo?", Vivek devolveu, fazendo graça, e Kavita deu um tapa em seu braço.

"Para de bobagem."

A médica olhou com cansaço, talvez tédio. "Qualquer um dos dois", disse.

"Não", Vivek disse. Ele respondeu às perguntas restantes enquanto Kavita olhava para seu rosto, o borrão escuro ao redor dos olhos. Tiraram sangue para fazer exames e a médica repetiu que ele precisava comer melhor antes de dispensá-los.

"Deixa eu levá-lo à minha igreja", Mary insistiu quando ligou à noite para saber como tinha sido a consulta. "Mal não vai fazer, Kavita. Eles vão tentar remover qualquer coisa de ruim que esteja grudada nele. Você acredita em oração, sei que acredita. Sua igreja não conseguiu fazer nada pelo menino. Deixa a gente tentar, biko."

Kavita estava relutante, mas, no final das contas, era mãe de Vivek. Não podia cruzar os braços e deixar de tentar o que fosse. Então, naquele fim de semana, ela o mandou para

Owerri. Queria esperar para mandá-lo quando Osita estivesse lá, mas Mary desaconselhou. "Aquele rapaz não vai à igreja", disse. "Ele ainda vai convencer o Vivek a não ir. Não precisamos de nada mais bloqueando sua libertação." Assim, não contaram a Osita que o primo os viria visitar, e ele não estava lá no final de semana em que Mary levou Vivek à sua igreja.

No final da noite de domingo, Kavita estava na sala quando Vivek voltou de Owerri, e entrou em casa batendo a porta de tela de mosquiteiro. "Beta?", ela o chamou quando o viu passar pela sala. "Como foi?"

Vivek parou para encará-la, e Kavita sentiu um arrepio. Nunca vira o filho com tanta raiva, seus olhos ardentes transbordando de fúria.

"Nunca mais vou a Owerri", disse, a voz embargada. "Vocês podem ir o quanto quiserem, mas eu não vou mais. Está ouvindo?"

"O que aconteceu?" Kavita engoliu a ansiedade que sentia. Não podia ter acontecido nada. Mary teria ligado se tivesse acontecido alguma coisa. "Foi o culto na igreja?"

Vivek olhou para a mãe. "Você já foi à igreja dela alguma vez?"

"Sim, claro, beta." Ela cruzou os dedos das mãos. "Os cultos são bem longos, mas me pareceu tudo certo. O que aconteceu?"

"Não, quero saber se você já foi quando eles estão fazendo uma sessão de libertação?"

Kavita balançou a cabeça e o filho se inclinou de leve para a frente, encurralando-a na poltrona com seu olhar inclemente. "E assim mesmo me mandou pra lá."

Ela estava começando a ficar assustada. "Vivek, o que aconteceu?"

"Eles são uns desgraçados!", ele cuspiu. "Você acha que é certo tratar uma pessoa como se fosse um animal? Em nome daquela libertação inútil? Mba, espera aí. Eles usaram a palavra *exorcismo* mesmo. Porque parece que tem um *demônio* dentro de mim, sabia? Tiveram que me bater pra botá-lo para fora." Ele levantou a camisa, revelando uma faixa de vergões vermelho-escuros nos flancos.

Ela arfou e se levantou da poltrona para chegar mais perto, mas Vivek baixou a camisa e estendeu a mão em um aviso. "Não encosta em mim", disse. "E para de tentar me consertar. Simplesmente para. Já deu."

Depois disso, Vivek se trancou no quarto e não saiu pelo resto da noite. Com as mãos trêmulas, Kavita pegou o telefone e discou o número de Ekene, sentindo a raiva mordê-la por dentro. Ela não conseguia entender. Como Mary tinha permitido que fizessem aquilo com seu filho, com o próprio sobrinho? "Qual é o seu problema?", gritou assim que a cunhada atendeu. "Hein? Você está doida ou o quê?"

"Kavita, gịnị mere?", Mary respondeu, parecendo confusa. "Passei a tarde toda tentando falar com você. O Vivek chegou bem?"

"O Vivek chegou bem?", Kavita repetiu, imitando a voz da cunhada. "Sim, ele acabou de chegar — e me mostrou o que os selvagens da sua igreja fizeram com ele!"

"O quê?"

"Minha amiga, pode parar de fingir. Eu vi os vergões no corpo dele. Você deixou que eles açoitassem meu filho?"

"Kavita, estou tentando falar com você desde que aconteceu para te explicar tudo. Não foi ele que foi açoitado, ịghọtala? Foi o demônio que está dentro dele."

Kavita parou, chocada. Mary não podia estar falando sério. "O que foi que você disse?", perguntou, desejando não ter ouvido bem.

"O demônio que está dentro dele", Mary repetiu. "Sim, foi isso que o pastor disse. O menino está possuído por um espírito muito, muito perverso, um demônio poderoso. É o que está causando essa situação, o cabelo comprido, o desgaste físico do corpo. Forças sobrenaturais estão se alimentando dele — *do seu filho*! O pastor disse que a gente tem que cortar o cabelo dele porque elas estão tirando forças justamente dali, como o cabelo do Sansão. É uma das fontes dessas forças. Mas quando um dos diáconos chegou perto dele com uma tesoura, o demônio começou a revidar!"

Kavita ouviu, cada vez mais descrente. Sem dúvida aquela não era a mesma Mary que ela conhecia fazia tantos anos. Não podia ser. Ela sempre tinha sido religiosa, mas aquilo era outra coisa, cheirava a carne podre ou a loucura.

"Não era o seu filho", Mary continuou, despreocupada. "O pastor disse isso, e até o resto da congregação, a gente via também. Era o demônio lutando para não perder o poder. Eles até tentaram segurá-lo, mas ele tinha a força de muitos homens. Foi assim que a gente viu que era o demônio. Nenhum mortal conseguiria vencer aqueles homens todos que estavam tentando segurá-lo. Ah-ahn, então o pastor disse que a gente tinha que subjugar o demônio a todo custo, e a gente ficou lá orando e o contendo e o mandando embora, e o pastor pegou o cajado pra açoitar a besta, porque ela tem que ser açoitada com fogo sagrado, e o cajado dele é como o de Moisés..."

"Para, para, *para*." Kavita apertou a mão na testa. "Você está me dizendo que deixou o pastor bater no meu filho e ficou lá assistindo?"

"Kavita, você não está me ouvindo. *Não era o seu filho*." Mary estava começando a se irritar. "Eu ia ficar lá, tranquila, enquanto o demônio possuía meu sobrinho? Eu estava era orando com eles, mulher! Orando pela libertação dele, para que seu espírito fosse purgado do mal que o controlava, mas estou te dizendo, a coisa era muito poderosa. Ele se desgarrou das mãos de todo mundo que estava ali segurando e saiu correndo da igreja, *puf*! A gente foi atrás dele em casa, mas ele já tinha pegado suas coisas e ido embora. Por isso passei a tarde tentando falar com você, para ter certeza de que ele tinha chegado aí bem, porque a libertação não foi completa. Você e o Chika têm que trazê-lo de volta, tá? O pastor disse que é muito importante concluir a libertação, agora que o demônio sabe que foi descoberto. Quanto antes, melhor."

Kavita afastou o telefone do rosto e olhou para ele como se aquele plástico preto pudesse ajudar as coisas a fazerem algum sentido. Ao colocá-lo devagar de volta no ouvido, escutou a voz de Mary jorrando dele novamente.

"Amanhã, se possível. Você está aí? Está me ouvindo?"

Kavita teve dificuldade de encontrar as palavras. Parecia que havia uma pedra no fundo de sua garganta; ela queria enfiar os dedos, arrancá-la e usá-la para bater na cabeça de Mary sem parar. Aquele sentimento a surpreendeu. "Nunca mais chegue perto do meu filho", conseguiu cuspir.

"Ahn? O que você disse?"

"*Nunca mais* chegue perto do meu filho", Kavita repetiu, as palavras mais claras agora, mais afiadas. Ela ouviu Mary puxar o ar como se estivesse atrás dela, mas não parou de falar. "Você e seu pastor são malucos. Fique longe da minha família, está ouvindo? Senão, te juro, você vai ver o que é bom!" As mãos de Kavita tremiam de novo.

"Ah-ahn. É comigo que você está falando assim? Logo comigo?"

"E com quem mais? Tem alguma outra Mary que foi pra igreja abusar do meu filho?"

"Eu estou tentando ajudar você e seu filho, e é assim que você me trata, Kavita? De pura bondade do meu coração pedi pro pastor ajudar o menino, e é assim que você retribui? Sabe quantas pessoas imploram pro pastor colocar as mãos sobre elas? Eu até fiz uma oferta a mais, em nome do Vivek. E tudo para receber de volta a sua ingratidão." Mary deu um muxoxo. "Por que perco meu tempo com vocês?"

Kavita bateu o telefone, a pele coçando. Desejou que Chika estivesse em casa, mas estava sozinha com o filho. Foi até a porta do quarto de Vivek e ficou ali, olhando para a madeira. É claro que ele não queria falar com ela, pensou, não depois dela tê-lo mandado para aquilo. Kavita desabou no chão e apoiou as costas na parede, o linóleo frio sob os pés. Apertou a testa na palma das mãos e chorou.

Kavita não contou ao marido o que tinha acontecido. Chika não ficou surpreso que Vivek estivesse trancado no quarto; como isso já tinha se tornado a regra, não fez nenhuma pergunta. Kavita, no entanto, andava com a raiva pulsando dentro de si, tentando entender como podia não ter enxergado o que Mary se tornara, e se não fora por seu descuido que Vivek havia se machucado. Ela não podia falar disso com ninguém.

Na manhã seguinte, Rhatha ligou. As Nigesposas estavam convocando uma reunião de emergência para ajudar Maja. "Ela acabou de descobrir que Charles tem uma segunda família", Rhatha disse a Kavita, a voz baixa e escandalizada. "Já pensou? Coitadinha. Vamos todas à casa dela hoje à tarde."

A notícia distraiu Kavita brevemente de sua raiva. "Ele continua em casa?"

"Nossa, não. Ela expulsou ele de lá, e eu achei bom, viu? Uma coisa é ter um caso, ou até mesmo uma amante, mas uma família?" Rhatha estalou a língua. "Você vem?"

"Sim, sim, claro. Vejo vocês lá." Assim que desligou, Kavita pegou a bolsa e saiu para ir à casa de Maja, embora a reunião só estivesse marcada para horas depois. Maja era sua melhor amiga; era ridículo ficar sabendo de notícias assim por outras pessoas — ainda por cima pela Rhatha.

Maja começou a chorar assim que abriu a porta. Kavita largou a bolsa, puxando a amiga para um abraço.

"Ah, minha querida! Por que não me contou?"

"Eu... desculpa", Maja soluçou em seu pescoço. "É que... tem tanta coisa acontecendo com o Vivek, eu não quis atrapalhar..."

"Shh." Kavita acariciou os cabelos da mulher. "Estou aqui. Vai ficar tudo bem." Ela se afastou e enxugou o rosto de Maja. "Vem sentar e me conta tudo."

A história era ainda pior do que Kavita tinha imaginado. Charles não só tinha outra família, como seu filho com a outra mulher era menino, seu primogênito e único filho homem. E não era apenas um caso: ele queria se casar com a mulher, fazer dela sua segunda esposa.

"Você não pode estar falando sério", Kavita disse, horrorizada.

"Ele está convencido." Maja enxugou os olhos com um lenço. "Ele disse que eu não posso culpá-lo, que ninguém vai culpá-lo por arranjar uma segunda esposa, já que a primeira fracassou em lhe dar um filho. O filho da mulher tem o nome dele."

Kavita cobriu a boca com a mão. "Ai, Maja, eu sinto tanto!"

"Ele aceitou sair de casa porque fiz um escândalo, mas disse que vai voltar, Kavita. Disse que vai trazer a mulher pra *dentro da nossa casa*. Que eu não posso fazer nada para impedir. Eu disse que ia pegar a Juju e ir embora, e ele disse que é pra eu experimentar." Lágrimas escorriam por suas bochechas inchadas. "Eu até iria embora, iria mesmo, mas não consigo encontrar nossos passaportes. Acho que ele escondeu. E eu nem sei como vou contar pros meus pais, sabe, porque eles me avisaram. Eles me avisaram que os homens africanos eram assim, e me disseram que era idiotice vir pra cá com ele, trazer a Juju pra cá. Ele disse que a Juju não basta, que ela não é menino. E se ela ouvisse isso? Como se ela não tivesse valor, como se não fosse nada para ele."

Kavita segurou a mão de Maja com força. "Você já contou pra ela?"

"Não!" A voz de Maja estava esganiçada e alta. Ela baixou o tom, balançando a cabeça. "Não, não posso contar pra ela.

Tenho que dar algum outro jeito. Ela não pode saber que ele fez isso, que ele é assim. Ela ia ficar devastada, e ele já causou danos suficientes. Juju acha que ele está viajando a negócios."

Kavita não sabia o que dizer. Não achava certo guardar segredos, mas também sabia que era perigoso dizer a outra mulher como ela devia criar os filhos. Ela mesma quase não sobrevivera a uma discussão na própria família, quando ela e Chika decidiram não contar a Vivek que ele nascera no dia da morte de Ahunna. A coincidência complicava seu aniversário — todo mundo tentando sorrir apesar da dor que coagulava dentro deles. Não queriam contar a Vivek porque não queriam que ele achasse que era por culpa dele que todo mundo ficava triste no seu aniversário, como se sua chegada tivesse causado a morte da avó. Kavita achou que a dor fosse melhorar com o passar dos anos, mas ela só fez se multiplicar, como uma carga que ia ficando cada vez mais pesada quanto mais você andasse com ela na cabeça.

Finalmente, quando Vivek tinha sete ou oito anos, Ekene os desafiara. "Ele merece saber", insistiu. "É a história dele, a história da família. Ele precisa saber o que aconteceu!"

"Ah, é mesmo?" Kavita cruzou os braços e olhou para o cunhado. "E como você vai explicar uma coisa dessas pra uma criança?"

Ekene ficou em silêncio.

Por mais estranho que pareça, foi a Mary que conduziu a conversa — a Mary, antes de se tornar a mulher que era agora. Ela se sentou com Vivek no colo, suas perninhas chutando o ar preguiçosamente, os cabelos caindo sobre os olhos. Eles não tinham começado a cortá-los curtos ainda, isso começou no ensino médio.

"Sua avó era uma mulher maravilhosa, Vivek", ela explicou. O menino não olhou para ela, muito ocupado com um bonequinho do Hulk Hogan que revirava nas mãos. "No dia em que você nasceu, ela foi pro céu e se tornou um anjo pra poder olhar por você e te proteger."

Ele levantou os olhou para ela, com aqueles cílios longos. "Ela foi pro céu?"

"Sim, nkem. Ela foi pro céu no seu aniversário. Então, às vezes sua mamãe e o seu papai ficam tristes, porque têm saudade dela. Lembra de quando você veio ficar lá em casa em Owerri pela primeira vez e sentiu falta da mamãe e do papai e chorou?" Vivek fez que sim com a cabeça. "Bom, eles também se sentem assim às vezes. Mas do mesmo jeito ficam muito felizes porque ganharam você, então é um sentimento feliz e triste, sabe?"

Agridoce: era essa a palavra para o seu aniversário, embora ele fosse muito pequeno para entender na época. Doce na ponta da língua, notas azedas e amargas sobrando no resto da boca.

Kavita e Chika se aperfeiçoaram em melhorar a cara para que ele não visse o que havia atrás dela; afogavam sua dor para protegê-lo. O que tinha mudado? Nada, de fato.

Kavita olhou para Maja, que estava ali fazendo a mesma coisa. Enterrando a própria dor para que a filha não a percebesse, tentando mantê-la segura. Todo mundo estava tentando proteger os filhos. Ficou sentada com ela até as outras Nigesposas chegarem, algumas trazendo comida, porque era isso que faziam, para poupar Maja do incômodo de ter de cozinhar para a família, ou o que restava dela. Kavita se levantou e deixou que elas rodeassem Maja, ouvindo a história novamente, exclamando e soltando muxoxos e lançando maldições sobre Charles, aquele desgraçado inútil. Kavita não contou nada de Vivek nem do que acontecera na igreja em Owerri. Não era a hora nem o lugar e, além do mais, um broto de vergonha crescia e se transformava em uma planta frondosa dentro dela. Ela havia permitido que Mary fizesse aquilo com Vivek, mesmo podendo ter evitado. Todas as Nigesposas davam risada do que chamavam de cristãos fanáticos, sempre recebendo o Espírito

Santo e se debatendo sobre tapetes, mas Kavita fingia que eles não tinham infectado sua família, como se não soubesse quem Mary era realmente. Como se Mary fosse a mesma moça que conheceu tantos anos antes, quando Ahunna ainda estava viva.

Um soluço ficou preso na garganta de Kavita. Ahunna saberia o que fazer pelo Vivek. Ela saberia exatamente como lidar com Mary, o que dizer. Kavita respirou fundo e recompôs a expressão em seu rosto. Tinha passado anos aprendendo a deixar de lado os pensamentos sobre Ahunna, sobre seu tio, pensamentos que poderiam paralisá-la de dor. Ela tinha um filho; não podia se dar ao luxo de desmoronar. Chika sentira o mesmo também, depois que Ahunna morreu, depois que os dois quase desistiram de ser pais e Ekene e Mary tiveram que intervir para ajudar. "Nunca mais", Chika disse, quando o pior passou. "Não podemos nos autodestruir assim nunca mais. A gente tem o Vivek agora. Temos que ser mais fortes." Então Kavita ficou forte.

Depois de mais uma ou duas horas com Maja e as Nigesposas, Kavita foi para casa e entrou no quarto que dividia com o marido. Ele estava trocando a roupa de trabalho, seu colete branco cobrindo o peito e a barriga. Kavita sentou-se na beirada da cama e contou a ele o que tinha acontecido em Owerri, como Mary e os outros membros de sua igreja tinham espancado Vivek. Ela manteve as mãos cruzadas no colo e a voz firme o tempo todo, mesmo quando Chika se virou para ela, uma incredulidade furiosa se espalhando pelo rosto.

"Ela fez o *quê*?"

Kavita cerrou os dentes. "Foi parte desse absurdo de libertação."

"Não, não. Isso foi longe demais." Chika se levantou, as mãos na cintura, e andou pelo quarto. "Está vendo? Quando eu disse pro Ekene que a igreja estava corrompendo a cabeça dela, ele me ouviu? Claro que não. Ele sempre acha que sabe o que faz, porque é o irmão mais velho. O Osita já nem volta mais pra casa por causa disso tudo, e assim mesmo o Ekene não quer saber de falar do assunto. Isso já foi longe demais, viu? Ele precisa controlar aquela mulher dele! Que tipo de animal selvagem bate em um jovem na casa de Deus?"

Kavita respirou fundo, foi até o marido e apoiou as mãos em seu peito. "Está tudo bem", disse. "Eu já falei pra Mary ficar longe da nossa família. Não precisamos desse tipo de bobagem na nossa vida. Já resolvi o assunto."

Chika afastou as mãos dela, balançando a cabeça. "Mesmo assim vou ter que falar com o Ekene. O que quer que aconteceu entre vocês, mulheres, fica entre vocês, mas eu e meu irmão precisamos resolver isso." Ele saiu do quarto. Kavita o observou se afastando e alguns minutos depois ouviu sua voz se elevar, quando ele e o irmão acabaram de destruir as coisas. Era isso que ele fazia sempre, agora, colocá-la de lado gentilmente, sem ouvi-la. Às vezes parecia que ele tinha parado de lhe dar ouvidos anos atrás, e que ela simplesmente não tinha notado. Como se vivessem em dois mundos separados que, por acaso, estavam sob o mesmo teto, encostados um no outro, mas nunca se derramavam, nunca se sobrepunham.

Depois que Vivek morreu, seus mundos se apartaram ainda mais. Chika não queria saber de nada. Kavita, no entanto, só tinha perguntas dentro de si, perguntas famintas que a moldavam em uma forma ávida por respostas. Agora eles brigavam todo dia, da manhã até a noite.

"Isso vai trazê-lo de volta?!", Chika finalmente berrou para ela uma noite, depois do jantar, de pé na cozinha. "Essas perguntas todas servem pra quê? Meu filho morreu!"

"Nosso filho!!", Kavita berrou de volta, atirando um prato no marido. Ele desviou e a louça espatifou na parede. "Nosso filho! *Nosso filho!*"

Ele ficou olhando para ela e depois saiu do cômodo, mas Kavita não se importou. Ela não era como ele. Não ia desistir e se afundar naquela tina de sofrimento onde Chika queria desmoronar e chafurdar. Suas perguntas eram reais. Quem havia devolvido o corpo de Vivek à sua porta? Quem tirou a roupa de seu filho, embrulhou-o no akwete e o entregou como um pacote, um presente, uma surpresa sangrenta? Quem tinha quebrado a cabeça dele?

A polícia levou dias para conseguir produzir um relatório qualquer. Colocaram a culpa nos tumultos que aconteceram no dia em que Vivek morreu, o mercado tossindo fumaça preta para aqueles lados da cidade. "Tivemos muitas baixas por lá, senhora", o policial informou. "É isso que acontece quando os bandidos tomam conta da cidade." Ele se recostou na cadeira, os olhos vermelhos. "Minhas condolências a você e a sua família. Continuaremos investigando."

"Não vão continuar coisa nenhuma", Chika disse, amortecido, quando ele e Kavita saíram da delegacia. "Provavelmente o Vivek foi assaltado."

"E quem trouxe o corpo dele pra casa, então?", Kavita perguntou. "Como sabiam onde ele morava?"

Chika voltou seus olhos baços para ela. "Pelo menos alguém fez isso. Pelo menos a gente tem um corpo pra enterrar."

Disse aquilo como se bastasse. Na cabeça de Kavita, isso fazia dele um mentiroso, como todos os outros. Como o policial que a informou, semanas depois, que não podiam fazer mais nada por ela. Como as amigas de Vivek, que viviam dizendo que não sabiam o que tinha acontecido. Não fazia sentido. Naquelas últimas semanas da vida de Vivek, suas amigas estiveram com ele quase todos os dias. Alguém tinha que saber de alguma coisa. Elas só estavam se recusando a contar para ela. Kavita tinha certeza disso.

Ela não estava nem aí se todas as Nigesposas achassem que tinha enlouquecido, mas não ia simplesmente enterrar o filho e calar a boca. Se tivesse acontecido com elas, estariam agindo exatamente da mesma maneira. Elas não tinham ideia de como era saber lá no fundo que alguém tinha uma resposta para as suas perguntas, que alguém próximo estava mentindo. Não tinham ideia de como cada respiração era infernal para ela. Estava determinada a descobrir a verdade, mesmo que tivesse que arrancá-la da garganta das amigas do filho. Alguém tinha que saber o que acontecera com Vivek.

Nove
Osita

Eu sei o que titia Kavita quer saber. Queria lhe dizer que ela não está preparada para a resposta, assim como eu não estava. Que a verdade vai atropelá-la como um caminhão, virar a carga sobre o peito dela e esmagá-la. Mas também sei que tenho medo do que ela vai descobrir, se alguém lhe contar o que estava acontecendo, se Vivek tiver contado o que estava acontecendo a mais alguém.

Se alguém tiver me visto naquele dia.

Pare de procurar. Queria dizer a ela para parar de procurar.

Dez

Vivek

Eu passei a vida inteira me sentindo pesado.

Sempre achei que a morte seria a coisa mais pesada de todas, mas não foi, não foi mesmo. Viver era como ser arrastado em círculos no concreto, concreto molhado que endurecia a cada rotação do meu corpo relutante. Quando criança, eu era leve. Não tinha muita importância; eu deslizava por ele, e talvez até parecesse uma brincadeira, como se eu estivesse apenas brincando na lama, como se nada daquela sensação escorregadia fosse mudar, mudar de verdade. Mas aí eu cresci e o concreto começou a secar comigo e acabei me transformando em um bloco irregular, lascando e faiscando no chão duro, se rompendo em pedaços dolorosos.

Eu queria permanecer vazio, como a águia do provérbio, empoleirado, meus ossos cheios de bolsas de ar, mas o peso me encontrou e não pude fazer nada. Não conseguia me livrar dele; não podia transformá-lo, fazê-lo evaporar ou derreter. Ele era uma coisa separada de mim, mas se agarrou a meu corpo como um parasita. Eu não conseguia descobrir se alguma coisa estava errada comigo ou se aquela era minha vida, apenas — se era daquele jeito que todo mundo se sentia, como se tivessem um concreto arrancando a carne de seus ossos.

Os episódios de fuga eram ausências curtas pelas quais eu era grato, pequenas bênçãos. Como poder finalmente descansar depois de ficar com as pálpebras abertas à força por dias. Escondi esses episódios dos meus pais e deixei meu cabelo crescer, pensando que o peso que caía da minha cabeça aliviaria aquele outro, que estava dentro de mim. Funcionou — não deixou nada mais leve, não, mas me fez me sentir mais equilibrado, como se um peso puxasse o outro, e a tensão sobre mim diminuísse. Talvez eu tivesse me tornado o centro, o ponto do qual tudo dependia, a virada. Não sei. Só sei que sentia um pouco menos dor a cada centímetro de cabelo que me recusava a cortar.

Olhando agora, não sei mesmo do que achei que isso me protegeria.

Onze

Todo mundo sabia que a morte chegara com o período eleitoral. Só se falava disso: se seria uma boa ideia passar para um governo civil, se os militares não saberiam lidar melhor com o país. As pessoas discutiam em casa e nos bares; as vozes se elevavam, golpes foram desferidos, e a violência às vezes se transformava em confrontos sangrentos nas ruas. No dia em que Chika trouxe Vivek da universidade para casa, eles tinham pegado um engarrafamento, carros rastejando sobre buracos enquanto as pessoas dançavam pelas ruas, gritando e cantando.

Chika se inclinou para fora da janela, irritado. "O que é isso?", gritou para um rapaz que estava atravessando na frente do carro, agitando folhas de palmeira e segurando uma garrafa de malte na outra mão, a espuma marrom escorrendo pelos dedos.

O jovem se virou com um sorriso largo, os dentes refletindo a luz do sol.

"Morreu Abacha!", gritou em resposta. "O Abacha morreu!" Mergulhou entre dois carros, por pouco não foi atropelado por um okada, e se perdeu na multidão que crescia.

Chika se recostou no banco e um sorriso hesitante se espalhou por seu rosto.

"Graças a Deus", murmurou, e Vivek, que dormia com a cabeça apoiada no banco, acordou e olhou ao redor com a vista turva. Seu cabelo estava úmido com o suor da nuca. A gola da camiseta tinha escurecido de umidade, como o tecido sob seus braços.

"O que está acontecendo?", perguntou.

"O Abacha morreu", o pai respondeu, desviando o carro para a pista ao lado e fechando um ônibus. O motorista gritou e fez gestos vulgares com as mãos.

"E agora?", Vivek perguntou.

"É um novo dia pra Nigéria", Chika respondeu. "Um novo dia." Ele sorriu para o filho e colocou a mão em seu ombro. "Pra todos nós."

Talvez ele estivesse certo, e fosse uma espécie de renascimento, mas Chika se esquecia de que os partos vêm com sangue, e que, no caso de seu filho, também com uma perda, aniversários de nascimento e de morte emaranhados uns nos outros.

Algumas semanas depois do retorno de Vivek, à medida que aumentavam as tensões entre a polícia e um grupo de justiceiros, um toque de recolher foi imposto em Ngwa para as dezenove horas. Vivek andava fazendo longas caminhadas à noite, e quando seus pais lhe disseram que teria de parar, ficou irritado. "Vocês estão me prendendo numa gaiola!", gritou. "Acham que quero passar as noites todas em casa, que nem um prisioneiro? Foi pra isso que me trouxeram de volta?" Ele correu para fora e se recusou a voltar depois que escureceu. Subiu no jasmineiro do quintal e se aninhou em seus galhos largos.

"Deixa ele", disse Chika, indignado. "Ele que caia e quebre o pescoço. Onye ara."

Ele entrou, bateu a porta dos fundos e se recusou a deixar Kavita sair e implorar para Vivek entrar. "Implorar por quê? Já disse, deixa ele dormir lá fora com as galinhas!"

De manhã, Vivek estava coberto de picadas de mosquito e com um respingo branco-amarelado de titica de galinha no ombro. Depois que Chika saiu para trabalhar, Kavita ferveu água para o menino tomar banho. Como não sabia o que dizer, não disse nada. Enquanto ele tomava banho, ela ligou para Rhatha e a convidou para vir visitá-los com as filhas.

"Vai ser bom pra ele conversar com alguém de sua idade", disse Kavita. Rhatha trouxe seus cupcakes clássicos, que arrematou com libélulas de açúcar empoleiradas sobre a cobertura.

Somto e Olunne vestiam jeans idênticos, com apliques de flores, e blusas de poliéster espalhafatosas de mangas drapeadas. Elas cheiravam a chiclete e seus cabelos estavam presos em rabos de cavalo.

"Essas meninas estão enormes!", Kavita comentou, saudando-as com um abraço. "Com certeza o Vivek não vai nem reconhecer vocês. Faz quantos anos que vocês não se veem? Quatro? Cinco?"

Somto limpou uma migalha imaginária da blusa verde e sorriu para Kavita. "Está mais pra seis ou sete anos, titia. Antes de a gente ir pro internato."

"Sim, sim, é mesmo. Bom, entrem, vou chamar o Vivek."

"Pode deixar, a gente lembra onde fica o quarto dele", Somto disse. "Podemos ir lá levar uns cupcakes pra ele?" Ela olhou primeiro para a mãe, e depois para Kavita, querendo permissão. Olunne arregalou os olhos quando a irmã perguntou se podiam entrar no quarto de um menino, assim, sozinhas, mas logo se recuperou e deu um sorriso rápido para Kavita, uma amostra tímida de dentes.

Kavita e Rhatha trocaram olhares, depois sorriram para as meninas. "No fim do corredor", Kavita informou, e as viu se afastarem com a bandeja de cupcakes.

"É muito simpático da parte delas", comentou.

Rhatha fez um gesto com a mão. "Ah, elas ouviram dizer que o cabelo dele está supercomprido e querem ver. Acho que estão com um pouquinho de inveja."

Kavita piscou. "Do cabelo?"

"Minha querida, você não sabe. Elas estão obcecadas por aquelas propagandas da Sunsilk e vivem discutindo quem tem o cabelo mais comprido. É ridículo."

"Ah, é mesmo, elas tiveram de cortar o cabelo quando foram para o internato, né?"

"Sim, e ninguém morreu por causa disso." Rhatha sacudiu a mão e sentou-se ao lado de Kavita, uma expressão solícita no rosto. "Mas me conta, querida, como vai você? Deve estar doida de preocupação com o Vivek."

Kavita abafou um suspiro. Rhatha era meio fofoqueira, sempre falando da vida alheia. Se não fosse uma das poucas que ainda tinha os filhos por perto, talvez Kavita nem a tivesse convidado para visitá-la. Perguntou-se quais boatos Rhatha teria ouvido. "Ele está melhorando", disse. "A gente só quis que ele desse um tempinho da universidade, já que não anda se sentindo bem."

Rhatha se recostou no sofá e olhou para ela. "Sabe", disse, "a Eloise estava na vidraçaria outro dia, quando o Vivek veio buscar o Chika. Ela me disse que ele parecia bem abatido. A coisa deve ser séria para vocês tirarem ele da universidade."

Kavita fez uma careta. "O que a Eloise estava fazendo lá?"

"Ela foi buscar umas esculturas. Sabe o programa com artistas locais que fizeram recentemente em prol da ala infantil do hospital dela? As obras eram horríveis, se você quer saber minha opinião, uns vasos pavorosos e tal. O Chika tinha guardado um pra ela. Ele não te disse?"

"Sim, me lembro agora", Kavita mentiu. "Claro, a escultura."

"Você devia levar o Vivek ao hospital universitário para ele fazer uma consulta. A Eloise fica lá alguns dias por semana."

"Eu sei. Mas ele está bem, sério. Só precisa de um tempo. Ele sempre foi muito sensível, desde criança."

Rhatha assentiu. "São os nervos", disse. "A gente tem de ficar de olho nos mais sensíveis sempre. Eles se desgastam muito facilmente, e a última coisa de que precisam é ter um surto nervoso."

"Exatamente", Kavita concordou. "Melhor ele fazer uma pausa agora do que ter um treco na escola depois." Ela sabia que havia uma chance de Rhatha sair de lá contando para todo mundo que Vivek estava à beira de um ataque de nervos, mas isso ainda era melhor do que admitir que o colapso já havia acontecido.

"Eu achei que o internato militar ajudaria a deixá-lo um pouco mais durão", disse Rhatha.

"Era isso que o Chika esperava quando o mandou pra lá", Kavita respondeu, sem conseguir disfarçar a amargura na voz. As outras Nigesposas sabiam da história inteira — ela havia desabafado com as amigas anos antes, quando Chika tomou aquela decisão, apesar de ela ter objetado que o menino era novo demais para ficar tão longe dos pais.

Para sua surpresa, as Nigesposas haviam apoiado Chika. "Você tem que deixá-lo criar o filho como ele quiser", disseram. "Somos superprotetoras porque não estamos em nosso país, mas o Chika sabe o que faz. Você confiou nele o bastante para ficar aqui na Nigéria em vez de voltar pra casa, agora confie seu filho a ele." E foi o que Kavita fez; mas, a cada feriado, ela esperava, de coração apertado, até que o filho estivesse de volta em seus braços, seguro e bronzeado do sol forte.

"É verdade que lá é tão quente que dá pra usar a água da torneira pra fazer garri?", ela perguntou, numa das primeiras férias que ele passou em casa.

Vivek riu. "Sim, Amma. É em Jos. Dá pra plantar até morango lá."

Ela temia que implicassem com ele por ele ser igbo, mas sua vizinha Osinachi riu ao ouvir isso. "Ele parece hauçá", disse. "Ou até fulani. Não vai acontecer nada. O menino nem ouve falar dos igbo assim." Osinachi era arquiteta e seu marido trabalhava no Kuwait. Ela tinha perdido o filho mais velho em um acidente de carro uns anos antes, e o outro, que ainda estava vivo, Tobechukwu, crescera e se tornara — nas palavras de Osinachi — um bandidinho, um encrenqueiro.

"Kavita?" Sua mente vagava, mas a voz de Rhatha a puxou de volta.

"Perdão", disse.

"Eu estava dizendo que talvez a escola militar não tenha sido a melhor ideia. Talvez ele tenha sido obrigado a reprimir sua sensibilidade natural, e agora ela está explodindo para fora."

Kavita teve de se esforçar para não revirar os olhos. Em lugar disso, perguntou: "E como vão suas meninas?", e Rhatha já ficou envaidecida. A única coisa de que gostava mais do que bisbilhotar a vida alheia era falar de suas duas amadas. Logo embarcou em um monólogo radiante sobre como as meninas estavam aproveitando maravilhosamente seu tempo livre, como estavam explorando seu lado artístico, como os dotes de nadadora de Somto beiravam o extraordinário. Kavita sorriu e concordou com a cabeça, ignorando a maior parte do que Rhatha dizia. Elas tomaram chá e comeram biscoitinhos e, depois de uma hora ou duas, as meninas saíram do quarto de Vivek carregando a bandeja ainda cheia de cupcakes.

"A gente devia ter feito outra coisa", disse Olunne. "Esqueci que ele não gosta."

"Ele não vai vir aqui?", Kavita perguntou, já se levantando.

"Não, titia", Somto respondeu. "Ele ficou muito cansado e disse que vai dormir um pouco. Mas a gente se divertiu. Obrigada." Ela pôs os cupcakes em uma mesinha lateral. As mães esperavam que elas falassem mais de Vivek, mas era como se, em algum lugar entre as paredes do quarto de Vivek, as lealdades tivessem mudado, pactos invisíveis tivessem sido forjados, e Somto e Olunne saíram de lá carregando os segredos de Vivek no elástico de seus rabos de cavalo. Ficou claro que elas não tinham nenhuma intenção de compartilhar o que havia acontecido, então ficaram todas sentadas na sala por algum tempo, desconfortáveis, até Rhatha levar as meninas para casa.

Mais tarde, à noite, quando Vivek saiu para jantar, o clima na mesa estava tenso. Chika mastigava a rabada com mordidas agressivas e Kavita podia ouvir os talheres raspando nos pratos.

"Como foi receber as amigas?", ela perguntou a Vivek.

Ele ergueu os olhos do prato e seu rosto estava mais calmo como não estivera desde que voltara para casa. "Foi legal", ele respondeu. "Obrigado por convidar as meninas." Sua voz estava serena e educada, e Chika olhou surpreso para o filho. Depois do jantar, Vivek pediu licença, lavou a louça e foi para a cama.

"O que deu nesse aí?", Chika perguntou.

"Acho que ele só estava precisando de companhia", Kavita disse. "Ele não pode ficar o tempo todo isolado; não faz bem pra ele."

"Mas essas meninas não são muito mais novas que ele?"

"Só uns três ou quatro anos, Chika, para com isso. Eles brincavam juntos o tempo todo quando eram crianças."

"Mas não são mais crianças", ele observou, abrindo um jornal, e Kavita deu um tapinha em seu braço.

"Cala essa boca", disse. "Ele é um bom menino." Não perguntou nada sobre a visita de Eloise à vidraçaria. Não estava nem aí.

"Continuo achando que a gente devia levá-lo à aldeia nesse final de semana", Chika disse. "Até já falei com a Mary sobre isso. O Osita vai estar lá."

"Ah, que bom! Faz tanto tempo que não vejo esse menino."

E foi assim que acabaram levando Vivek para a casa na aldeia. Kavita penteou seus cabelos e, quando voltaram para Ngwa, Vivek começou a sair cada vez mais para visitar Somto e Olunne. Se ainda estivesse fora depois do toque de recolher, acabava passando a noite na casa de Rhatha. Os pais não se importavam; sabiam que ele estava seguro lá, e o menino parecia estar melhorando, então se davam por contentes.

Um dia, Kavita ligou para a casa de Rhatha para saber de Vivek. "Ele não está aqui", Rhatha informou em voz alta e ritmada. Um raio de pânico atravessou o peito de Kavita.

"Como assim, não está? Ele ainda não chegou em casa."

"Ah, não, ele está bem. Eles estão na casa da Maja."

Kavita franziu a testa. "Ah é? Por quê?"

Rhatha hesitou. "Você sabe que ela tem uma filha da idade deles, querida."

"Ah, meu Deus, sim, claro, é que... Não sabia que eles eram amigos."

"Acho que eles não gostavam muito da menina quando eram mais novos — é Juju o nome dela, né? Bom. Agora estão um grude." Kavita quase viu Rhatha dar de ombros pelo telefone. "Crianças e suas políticas. Quem é que entende?"

Kavita riu e desligou assim que conseguiu, para poder ligar para a amiga.

Maja atendeu quase imediatamente. "Sim, as crianças têm vindo aqui", disse a Kavita, usando o ombro para segurar o telefone perto do ouvido enquanto baixava as meias-calças brancas. "As meninas da Rhatha, o Vivek, e até a menina da Ruby, a Elizabeth. Eles ficam todos lá no quarto da Juju assistindo a filmes e ouvindo música, e sei lá mais o que eles fazem."

"É estranho eles terem ficado tão próximos de repente", disse Kavita, e Maja deu risada.

"É um amor", disse. "Parece quando eles eram crianças."

"Você não acha que eles estejam... Sabe, aprontando alguma?"

Maja fez uma pausa para abrir o fecho da saia do uniforme. "Sério, Kavita? Tipo o quê?"

"Sei lá eu! Fumando, alguma coisa assim. Ou bebendo?"

Maja bufou. Estava realmente tentando ser paciente com Kavita, porque era claro que Vivek estava tendo algum colapso, mas tudo tinha limite. "Então você acha que eles estariam fazendo isso tudo nas nossas casas e que nenhuma de nós perceberia? Porque somos o quê? Negligentes com as crianças?"

"Ah, não, não foi isso que eu quis dizer."

"Kavita, deixa de ser neurótica, pelo amor de Deus. As crianças estão ótimas. Estão de férias, e estão dentro de casa em vez de ficarem lá fora no meio daquele wahala todo. Você soube do ataque na rua Ezekiel?"

"O quê? Teve um ataque?"

"Sim, anteontem. Na clínica, lá — estão dizendo que eram ladrões armados."

"Durante a confusão?"

"Uhum. Quebraram o luminoso, alguém jogou uma pedra nele, e mais tarde, de noite, os ladrões voltaram e entraram na clínica."

"Jesus. E o que tem pra roubar numa clínica?"

"Sei lá. Eles acham que aquelas mulheres estéreis pagam muito dinheiro, porque estão desesperadas pra ter filhos. Não sei por que acharam que ia ter dinheiro lá. A maioria dessas pacientes acaba devendo pros médicos." Ela fez uma pausa e disse em voz mais baixa: "Ouvi dizer que estupraram algumas enfermeiras."

"Meu Deus, Maja."

"A Ruby me contou. Cansei deste país, Kavita. É brutalidade pra tudo que é lado. Estou pensando em pegar a Juju e ir embora."

"Você não disse que o Charles tinha escondido os passaportes de vocês?"

Maja deu de ombros, embora Kavita não pudesse vê-la, e começou a desabotoar a camisa. "E daí? Vou dar um jeito de achá-los. Ou vou na embaixada e dou queixa. Vou ficar aqui pra quê, depois do Charles me tratar daquele jeito? Vou é pôr o rabo entre as pernas e pedir ajuda aos meus pais."

"Você vai voltar para as Filipinas?"

"Nem sei." Maja se encostou na parede, a camisa aberta. Estava sozinha no quarto dela e de Charles. Haviam dito a Juju que ele estava viajando a negócios, e ele estava mesmo, administrando a situação toda de um hotel em Onitsha. Maja não tinha certeza se ele levara a outra família com ele. "Pra onde mais a gente poderia ir?" Sua voz estava murcha.

"Sinto muito, Maja", Kavita disse. Ela sabia que Maja nunca largaria Charles. Ela tinha medo demais dele, era apaixonada demais por ele, e teimosa demais para admitir que seu casamento não era tudo aquilo que ela continuava dizendo aos pais. Charles também sabia. Passou anos sussurrando no ouvido de Maja que ela nunca conseguiria se virar sozinha, ela e Juju sozinhas, que elas precisavam dele, que a filha dela precisava de um pai.

"E pra onde você vai?", ele dizia. "Você sabe a vergonha que vai ser pra sua família se você ficar sem marido. É melhor ficar aqui e dar um jeito de as coisas funcionarem, se adaptar aos nossos costumes. Aceite minha segunda esposa quando ela chegar. Comporte-se com dignidade e não me envergonhe. Vai ser bom pra Juju ter um irmãozinho em casa." Quando Maja tentou argumentar, ele sorriu, paciente, e torceu o pulso dela até ela ficar com um hematoma. "Vou te dar algum tempo", disse. "Acho que a família tem que ficar unida. Está ouvindo? Mas vou te dar um tempo."

Maja queria ser como a Tammy, cujo marido havia feito a mesma coisa, arranjado uma segunda esposa; mas Tammy já tinha lhe dado filhos. O homem pensou que Tammy faria vista grossa, porque era rico e eles moravam em uma linda casa com jardins exuberantes. Mas um dia ele chegou e a casa estava vazia e sem ninguém. Tammy levara os filhos de volta para a Escócia e fim de papo. Não deu nem um grito. As outras Nigesposas contavam isso com orgulho, mas Maja sabia que sua história não terminaria assim. Charles já a avisara que iria atrás dela aonde ela fosse, e que, se quisesse fugir, seria melhor deixar a filha. Maja não entendia muito bem por que Juju significava tão pouco e, ao mesmo tempo, tanto para ele. Era como uma propriedade.

"Tenho que desligar", disse a Kavita. "Preciso fazer comida para as visitas."

"Manda todo mundo embora", Kavita riu. "Parece até que eles não têm comida em casa."

"Eu não me importo. É legal ter eles por aqui, sabia? As meninas estão crescendo e virando umas moças lindas."

"Então com certeza o Vivek está se divertindo com elas", Kavita acrescentou. Parte dela tinha esperança de que ele fosse como os outros meninos, que estivesse mesmo aprontando alguma coisa com as meninas a portas fechadas. Não conseguia ver outra opção.

"Sabe, às vezes até esqueço que ele não é uma das meninas", disse Maja.

Kavita apertou os lábios e disfarçou a irritação na voz. "Sim. Também, com aquele cabelo... Mas vai, vai lá cuidar deles."

Ela desligou o telefone. Maja só tinha dito aquilo porque tinha inveja, pensou. Porque o marido está acabando com a vida dela. Porque não tem um filho.

Enquanto isso, na Agbai Road, Chika assistia a Eloise levantar-se depois de ficar de joelhos em seu escritório, as bochechas coradas e vermelhas. Ela sorria limpando a boca, um sorriso que o intrigava e o irritava, tão casual e bem-humorado que parecia que ela tinha acabado de lhe passar o sal no jantar. Ele se enfiou de volta nas calças e fechou o zíper, observando-a ajustar a blusa para cobrir os seios.

"Você acha que a Kavita sabe?", ela perguntou, lançando um olhar malicioso na direção dele.

"Você é amiga dela", ele respondeu, enfático. "O que acha?"

Eloise tirou uma escova da bolsa e usou seu reflexo na porta de um armário de vidro para arrumar o cabelo. Alguns minutos antes, era lá que as mãos dele estavam, bagunçando tudo. "Achei que talvez a Rhatha tivesse dito alguma coisa pra ela depois que a encontrei aquele dia."

Chika balançou a cabeça. "A Kavita não disse nada."

Eloise hesitou. "Bom. Que estranho. Tenho certeza de que a Rhatha diria alguma coisa pra ela. Por que acha que Kavita não falou desse assunto com você?"

"Não me importa", ele respondeu. Só o que lhe importava era tirar Eloise de seu escritório. De todas as Nigesposas, ela era a que menos o agradava — por ser espalhafatosa e descarada demais nas festas, pela insipidez sem graça de seu rosto, até pelo fato de fazer aquilo com ele. As outras jamais fariam. Ela não tem moral, pensou Chika; Deus sabe o que mais anda fazendo debaixo do nariz do marido, sem nenhum filho para ocupar seu tempo. Ele ficava com um pouco de raiva de si mesmo por estar envolvido com ela, mas Kavita andava preocupada demais com Vivek. Ela só queria falar dele, noite e dia. Só faltava arrastar o menino para a cama deles, quando discutia com Chika suas teorias sobre o que havia de errado com ele e como poderia ajudar, zunia em seu ouvido e o afastava com a mão quando ele tentava tocá-la. Vivek era seu filho e Chika o amava, mas Kavita estava levando a coisa para outro patamar. Isso estava afetando seu casamento, mas ela só via o filho pela frente.

E foi assim que Eloise entrou na história. Ela estava prestando consultoria para a vidraçaria enquanto o médico da empresa viajava, então ele a convidou para almoçar e ela trouxe pra ele um bolo que tinha feito em casa. Quando Chika se deu conta, estava beijando seus lábios finos e ela, deixando; e então a debruçava sobre sua mesa, como se fosse um sonho, vendo-se afundar nela, as grandes nádegas pálidas ondulando aos seus movimentos, a mão cobrindo a boca dela para abafar os sons. Ele só precisava se aliviar um pouco, pensou consigo mesmo em casa, à noite, enquanto a esposa tagarelava ao seu lado na cama, ainda tão linda quanto o jardim de rosas. Chika se aproximou dela, querendo apagar a lembrança daquela tarde, mas ela o afastou.

"Você está me ouvindo, por acaso?", perguntou. "Continuo achando que esse menino está comendo pouco. Ele remexe a comida no prato como se eu não fosse notar..."

Chika deitou-se de barriga para cima e deixou as palavras escorrerem ao seu redor. Alguns dias depois, quando Eloise lhe trouxe uns biscoitos amanteigados, ele fechou a porta do escritório e fez tudo de novo.

Os colegas de trabalho fingiam não perceber o que estava acontecendo. Ele gostava que Eloise nem fazia questão de fingir que se importava com sua vida familiar. Ela nunca mencionava Vivek. Apenas trazia qualquer coisa que tivesse assado, desabotoava a blusa ou levantava a saia ou abria a boca, ou todas as opções acima. Não esperava ternura nem conversa fiada, e Chika ficava aliviado, porque não tinha nenhuma das duas para oferecer. Na verdade, gostava de ser bruto com ela, ver o sangue correr sob sua pele azulada quando a estapeava, mandá-la de volta para casa cheia de marcas, meio que esperando que o marido descobrisse.

Será que Kavita chegaria a notar se ele aparecesse com o pescoço cheio de marcas de chupões?, ele se perguntava. Quanto mais pensava nisso, mais irritado ficava. Começou a convidar Eloise para vir vê-lo, começou a encontrá-la em hotéis, e uma vez chegou a ir à sua casa quando o marido estava no trabalho. Mas aí foi demais para ele — ver as fotos dos filhos dela nas prateleiras, sentir o cheiro da colônia do cara. Fodeu com ela na sala mesmo, se limpou no vestido dela e foi embora.

Depois que Maja saiu do telefone com Kavita, deu o jantar para as crianças e mandou Vivek levar Somto e Olunne até a estrada principal, para que elas chegassem em casa antes do toque de recolher. Elas pegaram um okada e foram embora, virando-se para acenar para ele. Vivek acenou de volta, e deixou o braço cair. A noite estava fria e ele sabia que devia ir para casa, mas o ar estava limpo, então decidiu dar um passeio.

Parou em um quiosque perto de onde os motoristas de okada se reuniam e gastou dez nairas em dois pacotes de biscoitos Speedy. Enfiou um no bolso e abriu o outro, esmagando os biscoitinhos na boca. Caminhava arrastando os chinelos no chão, e algumas pessoas o olhavam de relance. Agora seu cabelo cascateava da cabeça em ondas, descendo pelo colarinho e pelas costas, mas como seus shorts e sua camiseta estavam limpos e sem rasgos, ele parecia meio normal, pelo menos.

Passou pela nova loja Mr. Biggs, que havia sido inaugurada apenas um mês antes, e agora estava cheia de gente comprando tortas de carne e enroladinhos de salsicha. Uma garota de sombra azul cintilante nos olhos e brilho nos lábios estava sentada na janela, segurando uma casquinha de sorvete — chocolate e baunilha rodopiando juntos e se curvando rumo ao topo. Ela o lambia com total dedicação, e Vivek se perguntou por que estaria sozinha. Passou pelo prédio, pelos bancos ao lado, até chegar ao supermercado. Enfiou o pacote de biscoitos no bolso e entrou. Precisava pegar uns wafers Nasco para repor os de chocolate que Juju tinha comido quando esteve em sua casa na semana anterior. Talvez dessa vez ele escolhesse morango ou baunilha — ela não gostava tanto dos outros e os deixaria para lá.

Vivek vagou pelos corredores, mercadorias empilhadas dos dois lados, caixas até o teto. Havia pacotes de feijão, pilhas de peixe seco, caixas de cereal, sacos de arroz. Vivek puxou os wafers da prateleira, ao lado dos biscoitos integrais e de maisena. Quando foi tirar o dinheiro que estava debaixo dos biscoitos enfiados no bolso, ouviu uma comoção do lado de fora, vozes altas e gritos. Levantou os olhos e viu algumas pessoas passarem correndo; outras estavam paradas lá fora, olhando na direção de onde elas tinham vindo.

Vivek agradeceu a caixa e pegou os biscoitos; então saiu e olhou a rua. Uma pequena multidão havia se reunido alguns quarteirões à frente, longe demais para ele conseguir ver exatamente o que estava acontecendo. A garota do Mr. Biggs passou correndo, a sombra nos olhos reluzindo no rosto assustado.

"Espera aí! O que aconteceu?", ele perguntou, interrompendo seu caminho.

Ela piscou para ele com impaciência. "Estão dizendo que pegaram um ladrão. Vão levar o menino pro cruzamento."

Um menino novinho passou correndo por eles com um pneu — que parecia pesar o mesmo que ele —, gritando excitado, o corpo se balançando ao arrastar a carga pela rua. Outro menino vinha atrás, segurando um galão pequeno em cada mão. Como não tinham tampa, o líquido espirrou e se espalhou pelo chão, e Vivek sentiu o cheiro forte da gasolina. A garota fez sinal para um okada e o empurrou para pular no veículo. Nem olhou para trás quando a motocicleta rugiu pela estrada, afastando-se do barulho e das pessoas. Ele ficou ali assistindo, a adrenalina correndo por seu corpo. Não sabia o que estava esperando. Conforme a multidão se aproximava, a rua foi se esvaziando, os espectadores entravam apressados nas lojas próximas para sair do caminho. Vivek ficou onde estava; sentia as coisas escorrendo. A caixa do supermercado enfiou a cabeça para fora da porta.

"Meu amigo, pụọ n'ụzọ!", gritou, gesticulando para ele sair do caminho.

Vivek não ouviu. As pessoas tinham se espalhado pela rua e os carros desviavam impacientemente. Um táxi parou ao lado de Vivek, os freios guinchando, e um jovem saltou. Ele deu um tapa forte na nuca de Vivek. Vivek ficou chocado quando o cara o agarrou e o arrastou em direção ao táxi.

"Tobechukwu?", exclamou.

O filho do vizinho olhou feio para ele. "Cala a boca e entra no carro", disse. "Seu idiota inútil." Empurrou Vivek no banco traseiro e entrou atrás dele, batendo a porta. "Oya, vamos logo!", gritou para o motorista, e o carro se afastou. Vivek se virou para olhar pela janela traseira e Tobechukwu bateu em seu braço. "Olha pra frente!"

Vivek o encarou. "O que você está fazendo?"

A multidão foi ficando para trás deles e Tobechukwu chupou os dentes ruidosamente, alongando o som para mostrar seu desprezo. Tufos de barba despontavam de sua mandíbula tensa. Foram até a rua onde moravam, e lá Tobechukwu empurrou Vivek para fora do carro. Pagou o taxista e, quando Vivek tentou agradecer, olhou feio para ele.

"Vá pra casa da sua mãe", disse, "e vê se não conta pra ela como você foi burro hoje." E entrou em sua propriedade, batendo o portão atrás dele.

Vivek ficou encarando o portão por alguns minutos, imaginando o que teria acontecido se tivesse sido engolido pela multidão. Teria corrido com eles até o cruzamento, só para ver como era fazer parte de um grupo? E se alguém tivesse entendido imediatamente o que ele era, uma peça que não combinava com nenhuma outra, será que teriam esticado um braço para tirá-lo da estrada, talvez empurrando-o para a sarjeta? Por que Tobechukwu parara para ele? Eles mal se falavam desde suas brigas no ensino médio, mesmo tendo crescido separados por apenas uma cerca aqueles anos todos.

Vivek enfiou a mão entre as barras do portão e manuseou o cadeado do ferrolho interno. Seus pais estavam no quarto quando entrou em casa.

"Vivek? Beta, é você?", Kavita chamou.

"Sim, Amma", respondeu.

"Já não passou do toque de recolher?", disse o pai, tirando os olhos de seu livro.

Vivek olhou o relógio. "Só cinco minutos", respondeu.

"Tem comida na cozinha", disse a mãe.

Baixando a voz, ela comentou com Chika: "Pelo menos ele está em casa e em segurança."

"Por quanto tempo?", Chika respondeu.

A esposa deu um tapa em seu braço. "Relaxa", disse.

Kavita vestiu a camisola. Juntos, ela e Chika ouviram os sons baixos de Vivek na cozinha — seus passos no quarto, o clique da porta.

Lá fora, a fumaça subia do cruzamento, mas era engolida pela noite.

Doze

Vivek

As meninas me arrastaram para fora. Não acho que foi a intenção delas. Eu sabia que minha mãe estava por trás daquela visita; foi uma das poucas vezes que um plano dela funcionou.

Eu estava me afogando. Não rapidamente, não a ponto de sentir pânico, mas afundando lenta e inexoravelmente; quando você sabe aonde vai dar, então para de se debater e espera que tudo se acabe. Eu tinha procurado maneiras de escapar — dormindo lá fora, tentando extrair vida de outras coisas, da impetuosidade alegre dos cães, do ar no topo da árvore de jasmim-manga —, mas nada disso fez qualquer diferença. Então eu ia desistir; tinha decidido desistir. Naquela tarde, Somto e Olunne invadiram meu quarto e estragaram meu plano todo.

Elas bateram, mas eu ignorei. Então bateram de novo e eu ouvi uma conversa rápida antes que uma delas girasse a maçaneta e abrisse a porta. Deve ter sido a Somto; ela tomava todas as decisões, porque era a mais velha, porque nunca teve medo. Sentei-me na cama quando elas entraram, a tempo de ver Olunne encostar a porta, um pedido de desculpas discreto no rosto. Eu tinha fechado as cortinas, mas Somto acendeu a luz. Ela me olhou, sem camisa e de calças de pijama, deitado na cama no meio da tarde.

"Então", disse, inclinando a cabeça e fazendo seu rabo de cavalo balançar atrás dos ombros. "O que você tem?" A irmã lhe deu um cutucão, mas Somto a ignorou.

Pisquei com a invasão da luz. "Muita coisa", respondi.

"Dá para ver", Somto comentou, fazendo uma careta. Ela deixou os cupcakes na minha escrivaninha e se jogou na minha cama. "Você está com uma cara horrível."

Recuei e fiz uma careta. Elas estavam se comportando com intimidade demais, entrando no meu quarto e sentando-se na minha cama como se me conhecessem. O que acontecera na nossa infância lá atrás não nos tornava amigos; não nos víamos desde o ensino médio. Olunne olhou para a irmã, e sentou-se na cama comigo.

"Eu acho que você está lindo", disse, e isso me surpreendeu tanto que desfez minha careta.

"O quê?", respondi.

Olunne estendeu a mão e puxou meu cabelo de leve, apenas o suficiente para fazê-lo esticar e voltar à sua forma original, depois tocou com os dedos o Ganesha prateado que eu usava no pescoço. "Eu disse que acho que você está lindo. Seu cabelo é muito bonito. Você perdeu muito peso — é por isso que a Somto diz que sua aparência está ruim. Mas na verdade não está."

Olhei para uma e depois para a outra.

"Você deve estar cheio deles falando de você", Olunne continuou.

"Está todo mundo falando de você", a irmã complementou. "Dizem que você enlouqueceu."

"E mesmo assim, olha vocês aqui, invadindo meu quarto pra falar disso", rebati.

Somto deu de ombros. "Acho que deve haver alguma coisa mais interessante acontecendo", disse. "Por que não vir aqui e perguntar diretamente pra você?"

"Não é da sua conta", respondi. Não sabia dizer por que a gentileza delas me deixava tão hostil.

Olunne pôs a mão no meu joelho. "Não liga pra ela", disse. "Não precisa contar nada pra gente, se não quiser. Só achamos que talvez, se você estivesse com vontade de falar, seria bom ter alguém pra ouvir. Mas ouvir mesmo. Não daquele jeito que eles pensam que é ouvir."

Somto bufou, concordando.

Fiquei, devo admitir, perplexo. A solidão é um sentimento ao qual você se acostuma, e fica difícil acreditar que há uma alternativa melhor. Além disso, é verdade que tínhamos sido amigos, ainda que anos antes, quando éramos — e nossa vida era — mais simples. E agora elas estavam sendo mais legais comigo do que qualquer um tinha se dado ao trabalho de ser havia muito tempo, então tentei relaxar.

"São cupcakes?", perguntei, e Olunne sorriu, pulando da cama para pegar a bandeja. Escolhi um e desembrulhei, mordendo o bolinho, mais por educação. Como era de esperar, estava absurdamente doce, como sempre tinham sido os cupcakes de titia Rhatha. "Jesus", eu disse, fazendo uma careta.

Somto passou o dedo pela cobertura de outro cupcake e lambeu. "Não precisa comer inteiro", disse. "Ela ainda não aprendeu a usar uma quantidade normal de açúcar neles."

Larguei o cupcake na mesa e balancei a cabeça. "Já sinto meus dentes apodrecendo."

Olunne se esticou para alcançar a libélula de açúcar do cupcake e a pôs na boca. Foi assim que nos reencontramos, em um quarto fechado, repleto de luz amarelada: duas fadinhas de chiclete que vieram me arrastar da minha caverna com suas varinhas de condão exageradamente doces. Não sei quanto eu ainda teria afundado se não fosse por elas. Queria ter lhes dito mais vezes como aquilo foi importante para mim.

Queria ter contado a Tobechukwu, também, quantas vezes pensei na forma como ele intercedeu por mim. A gente brigava muito quando era mais novo, mas não era nada de anormal: eu brigava com quase todo mundo, porque era magrelo, e aquela suspeita de delicadeza que grudara em mim deixava os meninos agressivos, não sei por quê. Tem gente que não pode ver ternura sem ter vontade de machucá-la. Mas quando voltei, quando deixei meu cabelo crescer, Tobechukwu não reagiu como os outros caras do bairro — me insultando aos gritos e atirando garrafas vazias na minha direção, às vezes, só para dar risada e me ver dançar para evitar a saraivada de cacos. Não podia ser só porque éramos vizinhos, porque nossas mães gostavam de tomar chá juntas. Titia Osinachi sempre vinha em casa, trazia biscoitos, ficava uns quarenta e cinco minutos conversando, depois ia embora, mas nem por isso eu e Tobechukwu deixamos de brigar quando estávamos no ensino médio.

Eu não o entendia, até a noite em que ele apareceu no quarto de empregados, quando eu estava fumando na entrada, e se sentou ao meu lado.

"Dá pra sentir o cheiro pela cerca", disse, e estendeu a mão. Passei o baseado e o observei tragar em um suspiro longo e crepitante. Ele o devolveu enquanto exalava, a fumaça saindo da boca em um redemoinho fino.

"É a primeira vez que você aparece aqui", observei, e Tobechukwu assentiu sem dizer nada. Ficamos lá em silêncio por algum tempo, até que me virei para ele.

"Por quê?", perguntei. Não sabia ao certo o que eu estava perguntando. Por que ele estava ali? Por que tinha me ajudado naquele dia? Por que nunca viera a minha casa? Não sabia qual pergunta eu estava fazendo nem qual ele achava que eu estava fazendo. Mas ele não respondeu; apenas virou a cabeça e me observou puxar outra baforada, me viu soltar a fumaça e passar o baseado de volta para ele.

Tobechukwu se levantou e parou na minha frente, inclinando a cabeça para trás ao tragar. O luar caiu sobre sua garganta e senti o cheiro do sal antigo em seu suor. Ele me devolveu o baseado e meus dedos roçaram os dele, minha cabeça zumbindo da brisa. Ele soprou a fumaça no meu rosto suavemente, me olhando com uma expressão vazia e cautelosa. Percebi que estava bem perto de mim, a proximidade de suas coxas sob a bermuda cargo, o impulso sutil dos quadris. Sorri para mim mesmo e apoiei o baseado na tampa da lata de leite que usava como cinzeiro. A avidez irradiava igualmente de toda parte, latejante e barulhenta, mesmo sem palavras. Não liguei.

Tobechukwu não tentou me impedir quando puxei o cós de seus shorts e o desabotoei, deixando o cinto fechado. Na verdade, ele ajeitou as pernas para que eu conseguisse enfiar a mão lá dentro e puxá-lo para fora, pesado e longo na minha palma, macio e liso. Olhei para ele e vi que me observava com uma curiosidade tranquila, os braços soltos ao lado do corpo. Ele me lembrava os caras mais velhos do internato, de sua total certeza de que era bom e certo eu lhes dar prazer, e tinham uma convicção absoluta de que nada que fizessem abalaria o que acreditavam ser: garotos que ninguém derrotava, garotos que humilhavam os outros garotos e não eram malvistos por isso. A diferença era que Tobechukwu parecia indiferente, e não ameaçador. Se eu me levantasse e fosse embora, sabia que não me impediria; mas eu não queria ir. Ele esperou e o senti pulsar na minha mão. Só fechou os olhos quando o coloquei na boca, sua mão deslizando para minha nuca, dedos acariciando meus cabelos, emaranhando-se neles. Então foi por isso: ele tinha me achado bonito, veio para ver se estava certo, e estava. Afundei meus dedos na parte de trás de suas coxas e ele puxou meus cabelos, gemendo baixinho no fundo de sua garganta enquanto deslizava pela minha. Ele parecia um estranho. Era perfeito.

Depois de alguns minutos, se afastou, deixando um fio de saliva pendurado em meus dentes. Continuava mole. Fiquei olhando ele enfiá-lo de volta nos shorts, fechar o zíper, pegar a ponta do baseado e dar um último pega antes de apagá-lo no concreto.

"Obrigado", disse, e saiu andando como se nada tivesse acontecido. Fiquei olhando para suas costas, e em um átimo estava sozinho de novo no quarto dos empregados, o gosto de sua pele ainda dentro da minha bochecha, a lua lá em cima, e o desejo reverberando vazio em mim. Comecei a rir. Não pude evitar — não havia mais nada a fazer. Tudo deixara de fazer sentido muito tempo atrás. Deitei-me no concreto e deixei os mosquitos me comerem em mil chupõezinhos, sentindo-me terrivelmente solitário. Pelo menos, pensei, agora estávamos quites.

Treze
Osita

Minha mãe desistiu de De Chika e de sua família. Estava convencida de que Vivek tinha sido possuído por alguma coisa que os destruiria a todos, e a nós também, se deixássemos.

"Já falei pra Kavita que ela tem de trazer o menino de volta pra ser libertado, mas ela não me ouve." Sua voz estava carregada de reprovação. "Deixa eles pra lá."

Foi difícil vê-la decepar o amor que tinha por eles. Quando enfim decidi visitá-los, não foi fácil contar para minha mãe. Eu não tinha certeza da minha decisão; fazia meses que tínhamos estado todos juntos na casa da aldeia, e eu não falava com nenhum deles desde então. Mas quando titia Kavita abriu a porta de trás da casa deles, não pareceu surpresa em me ver.

"O Vivek não está", disse, me abraçando.

Beijei-a na bochecha. "Ah é?" Esperava encontrá-lo trancafiado em seu quarto, fazendo o papel do recluso que eu imaginava que ele era.

"Ele deve estar na casa da Maja, visitando a Juju." Titia Kavita cheirava a capim-limão e curry. Ela limpou as mãos na saia e sorriu para mim. "Você se lembra onde fica, né?"

"Claro", respondi. "Vê se guarda um pouco de curry pra mim, lá em casa não me dão comida." Sua risada flutuou por trás da porta de tela, que balançou e bateu.

Era o início da estação de seca; o ar estava limpo e cortante quando andei até a casa de Juju. O portão de titia Maja estava destrancado, então o empurrei, atravessei o jardim até a porta da frente e toquei a campainha.

Juju abriu a porta e eu fiquei olhando para ela. Trançara o cabelo e as mechas caíam sobre seus ombros nus, roçando no vestido rosa — não lembrava nada a menina magricela e antipática que eu conhecia da infância. Agora dava para ver relances da mãe em seu rosto, escondidos debaixo do mel escuro e translúcido da sua pele.

"E aí?", eu disse, e ela ficou me encarando.

"O que você está fazendo aqui?"

"Nossa, é assim?", brinquei. "Não dá nem pra falar um oi?" A gente não se via havia anos. Ela sorriu e me deu um beijo na bochecha, mas o sorriso foi de má vontade e o beijo, só para constar. "É que eu não estava esperando sua visita, só isso."

"Nsogbu adịghị." Encostei minha bochecha na dela, retribuindo o cumprimento. "É que estou atrás do Vivek."

Juju fechou a cara. "Ah. É que..."

Levantei a mão para indicar que ela não precisava inventar nenhuma mentira. "Eu só quero vê-lo, Juju. É meu primo."

Ela exalou pesadamente e me olhou. "Vou ver com ele", disse. "Espera aí." A porta se fechou atrás dela e eu fiquei sozinho na varanda, olhando para os canteiros de taboas de sua mãe. Um nó de ansiedade apertado se formou entre minhas escápulas. Eu tinha feito força para não pensar por que estava ali, por que queria ver o Vivek. Eu sabia por quê — óbvio que sabia —, mas admitir o motivo era demais para mim. Tinha que fingir, ou acabaria dando as costas e fugindo pelo caminho de hibiscos, saindo pelo portão e indo embora para Owerri para sempre. Então, fiquei ali contando as flores para me impedir de fugir. Já estava no número quinze quando Juju abriu a porta.

"Ele disse que tudo bem", falou, saindo do caminho para me deixar entrar.

"Mas você não concorda", respondi, observando seu rosto.

Juju não respondeu logo, apenas me conduziu escada acima até um dos quartos. Na porta, porém, hesitou. "Eu não sei por que ele quer te ver depois de tudo o que você falou pra ele na aldeia", disse. "Mas se ele acha que tudo bem, então o.k."

Meu rosto ardeu de vergonha. "Ele te contou?"

Juju não desviou o olhar. "Sim, contou. E ele está diferente agora, Osita, bem diferente. Então, toma cuidado. Se for para dizer as coisas que disse daquela vez, é melhor você voltar pra casa agora, ịnụkwa?"

"Não quero dizer nada daquilo, só... Preciso vê-lo. Quero saber se ele está bem."

Ela saiu do caminho, ainda me observando e, quando virei a maçaneta, pôs uma mão em meu braço. "Só vou te pedir uma coisa. Vai com calma."

"Entendi. Não vou fazer nada." Abri a porta e a fechei atrás de mim, Juju vagando do outro lado quando a madeira fechou com um clique no batente.

Vivek estava parado perto da janela, encostado na parede, os dedos pousados nas barras de proteção. Inspirei rapidamente, o coração ribombando contra a própria membrana. Meu primo tinha perdido ainda mais peso; seus cabelos caíam até a cintura. Olhei para seus pulsos, seus tornozelos esguios, o cafetã branco que vestia. Vivek virou a cabeça ao me ouvir entrar, e eu vi as sombras escuras debaixo de seus olhos e o vermelho discreto de um batom marcando sua boca. Ele não se mexeu.

"Osita", ele disse, e sua voz era um riacho de lembranças, meu amigo mais antigo. Vê-lo machucou meu coração. Ele parecia estar morrendo. "A Juju me disse que você estava diferente", eu disse.

Vivek sorriu. "Pareço pior, eu sei. Mas não se preocupa, andei doente. Já estou melhor."

"O.k.", respondi. "E... esse batom?" Eu não tinha por que fingir que não tinha percebido. Ele levantou e baixou um ombro, indiferente. Estava me observando, curioso para ver como eu reagiria. "Você sabe que faz você parecer..."

Vivek riu. "Parecer o quê, bhai? Uma bicha? Uma mulher?"

Fiz um gesto com a mão, envergonhado. "Não, não, não era isso que ia dizer. Eu ia dizer que te deixa diferente, só isso." Nem eu mesmo sabia se estava mentindo. Não tinha certeza do que achava. Meu primo cruzou os braços e deu um sorrisinho, o que me irritou. "Ah, vai", respondi. "Até parece que eu ia mentir pra você."

"E como vai aquela namorada sua?", Vivek perguntou, prendendo uma mecha de cabelo atrás da orelha. Me encolhi, e ele sorriu. "Aquela de Nsukka, sabe? Você nunca chegou a me dizer o nome dela."

Havia alguma coisa diferente nele, e não tinha nada a ver com sua aparência externa. Era algo mais insidioso, alguma coisa entocada em seus olhos que eu nunca vira. Pela primeira vez, senti medo de estar perto dele. Não parecia que eu estava num quarto com meu primo, com o homem que chegou mais perto de ser um irmão para mim. Parecia sim que eu havia caído na órbita de um estranho, como se tivesse tropeçado entre mundos e agora me via ali, ofegante e trôpego.

"Não tem namorada nenhuma", respondi. Em face da minha própria confusão, recaí na verdade.

Vivek levantou o queixo, um leve triunfo faiscando em seu rosto. "O.k.", disse. "Não é bom não precisar mais mentir?"

Fiz uma careta. Havia uma sugestão sutil em sua voz, e eu não gostei disso. "Você está bravo comigo?", perguntei. Ele bufou e desviou o olhar, depois foi até a cama e sentou-se nela, os pés descalços no tapete estampado.

"Não sei. Talvez." Vivek jogou as mãos para cima e as deixou cair sobre o lençol. "Caralho. Sim." Ele me olhou e seus olhos eram buracos em seu rosto. "Estou bravo porque você me abandonou, entendeu? Você simplesmente... me jogou fora."

Uma lembrança acendeu na minha cabeça, Vivek sentado na entrada do quarto de empregados, chorando e pedindo desculpas enquanto eu ia embora. "A gente era criança", eu disse, mas as palavras saíram fracas.

Meu primo riu. "A gente não é mais criança faz tempo. Não ouvi nem um pio seu depois daquilo. Achei que você viria falar comigo."

O quarto estava pesado e silencioso. Ele não estava fazendo nenhuma acusação, ainda não, mas eu podia senti-las mesmo assim, como alfinetes na pele. "Não foi minha intenção desaparecer", respondi, mas minha voz foi sumindo.

"Bom, parecia que você não queria mais me ver. Pensei que talvez tivesse ficado com nojo."

"Vivek..."

"Parecia que você estava com nojo de mim." Um canto de sua boca estremeceu. "Pode acreditar, eu sei muito bem como você fala quando fica enojado. Já ouvi antes." O jeito que eu havia olhado para ele depois do incidente com a Elizabeth: ele estava certo, eu tinha ficado enojado na época, mas era só porque tinha perdido a Elizabeth.

"Desculpa", falei. "Não foi culpa sua o que aconteceu no quarto dos empregados. Você não tinha como controlar o que aconteceu."

"Esse pedido de desculpas está atrasado", Vivek respondeu. "Não preciso mais dele. Eu sei que não foi culpa minha."

Ele suspirou e olhou para mim. "Por que você veio aqui? O que quer?"

Neste momento, me deu vergonha. Eu não tinha vindo para ver se ele estava bem; vim porque precisava dele, e só agora me dava conta de que isso era incrivelmente egoísta da minha parte. "Sou um idiota", disse em voz alta. "Você está certo, eu não devia ter vindo." Comecei a me virar para ir embora, mas Vivek se levantou.

"Espera aí. Não foi isso que eu disse. Sério, eu quero saber. Por que você veio?"

Não me virei para ele. Era mais fácil contar a história sem olhar para ele, olhando para a parede e para a janela, para as árvores do lado de fora. "É idiota", respondi, e fiquei horrorizado ao sentir lágrimas ardendo detrás dos meus olhos. "Não importa."

"Osita." A voz de Vivek era uma régua, reta e dura. "Me conta."

Então eu contei, a voz baixa e oscilante: que tinha ido a uma boate apertada e escura no fim de semana anterior, do jovem estudante universitário que se inclinou para me beijar num canto enfumaçado, contei que deixei, deixei mesmo sabendo que quem olhasse nos veria; que deixei sua língua entrar na minha boca, e que correspondi ao beijo antes de recuperar os sentidos e empurrá-lo para longe e sair correndo de lá. Que ele tinha tentado falar comigo sobre o acontecido no dia seguinte, com o rosto alegre e ansioso, que entrei em pânico porque não sabia o que ele achava que eu podia dar a ele, e em que mundo ele achava que vivíamos, onde seria seguro fazer uma coisa daquelas. Que menti quando ele tocou no assunto, alegando que não lembrava do que tinha acontecido e pondo a culpa sei lá no que estávamos bebendo. Sobre como seu rosto desmoronou com a dor daquela nova solidão.

"Você é a única pessoa pra quem eu podia contar", expliquei para Vivek, olhando para baixo, para as minhas mãos. "Então vim aqui."

Ele ficou em silêncio. "E por que você precisava contar pra alguém?", perguntou, enfim. "Por que não podia guardar segredo? Não é o que todo mundo faz?"

Abri a boca para responder, depois voltei a fechá-la, porque não sabia como explicar — aquilo que o beijo havia exumado em mim, o barulho que fazia, como era impossível de aquietar. Eu tinha que fazer alguma coisa, dar espaço para que aquilo se desdobrasse, e Vivek era o único lugar onde me sentia seguro.

"Então foi pra isso que veio aqui?", ele continuou. "Está com vergonha? Não quer ser assim?"

Dei uma risada triste, ainda sem me virar e olhar para ele. "O que quer que eu responda? Quer que eu vire pra você e diga que não quero ser igual a você?"

A voz de Vivek ficou fria. "Se é verdade, por que não diz? Qual é a sua? Você nunca teve problema em dizer isso antes."

Fiquei quieto.

"Por acaso você sabe como eu sou?" Sua voz agora tinha uma sombra de desprezo; ele estava enojado. "Na verdade, esquece. Você veio aqui pra quê? Pra eu te fazer se sentir melhor com você mesmo? Mesmo depois do jeito que me tratou? Pra eu te dizer, ah, fica tranquilo, Osita, tudo bem você ser assim?" Sua voz chegou mais perto, mas mantive os olhos na parede. Vivek me deu um empurrão bem no meio das costas. "Foi pra isso que você veio? Pra que eu *resolvesse a situação pra você*?"

Ele me empurrou de novo e eu cambaleei para a frente, me equilibrando no vidro da janela. Não dava para evitá-lo; eu não tinha para onde fugir, então me virei para encará-lo. Meu primo estava furioso. Seus olhos estavam duros e faiscando, sua boca, tensa. Eu entendia sua raiva — depois das coisas que dissera a ele na aldeia, eu vinha e admitia que, no final das contas, eu era exatamente aquilo que havia negado ser, e isso deve ter parecido uma traição. Eu o chutei, só para depois voltar rastejando, pedindo que me recebesse. Pensei em voltar atrás; podia dizer que o cara da festa tinha se enganado, mas era tarde demais: nós dois saberíamos que eu estava mentindo, e por mais que Vivek me desprezasse por isso, eu me odiaria mais ainda.

"Você não tem vergonha na cara", Vivek cuspiu. "O que quer de mim?"

Eu achava que sabia a resposta. Só queria falar com alguém que me entendesse, mas agora, diante dele e da exaustão emoldurando sua boca, choquei a mim mesmo. Vi minha mão envolvendo seu pulso, minhas digitais marcando sua pele quando me movi para a frente e o beijei com tanta força que meus dentes bateram contra os dele, como queria fazer desde que o vi sentado na minha cama na casa de meus pais, desde que acordei naquela noite com o cabelo dele sobre meu braço e seu corpo tão perto do meu. As pupilas de Vivek se dilataram quando minha outra mão deu um nó atrás de sua cabeça. Ele bateu no meu peito com a mão livre, tentando fugir, mas eu não conseguia soltá-lo. Nossos olhos estavam travados, dois pânicos revoltos, e ele deu uma guinada para virar o rosto. Eu ainda segurava a parte de trás de sua cabeça e seu pulso.

"O que você está fazendo? O que está fazendo?"

Sua voz tremia. Eu deveria tê-lo soltado — deveria tê-lo soltado, mas não foi o que fiz.

"Não sei." Minha respiração sobre seu rosto, ele estava muito perto. Eu não conseguia desviar o olhar. Seus olhos piscaram, ao ver o medo nos meus. "Eu não sei", repeti. Estava começando a ficar com muito medo da fronteira que acabara de cruzar. Lentamente soltei seu pulso e deslizei uma mão para trás de sua orelha, entrando em seus cabelos, e segurei sua cabeça com as duas mãos. Parecia que eu tinha formigas quentes deslizando sob minha pele, pelo corpo inteiro. Tentei não pensar que estava prestes a ser humilhado, quando ele se afastasse e me olhasse com repugnância renovada. Segurei sua cabeça para que ele não pudesse se mover, não ainda — eu era mais forte que ele — e abaixei minha boca até a dele novamente. Não sei por quê; não pretendia fazer nada daquilo, não planejara nada daquilo.

Eu o beijei como se quisesse seduzir a incerteza até que ela fosse embora, lenta e gentilmente, enchendo minha boca com uma súplica e despejando-a na dele. Ele cheirava a grama, vento e roupas secas ao sol. Aos poucos, senti que relaxava, e um alívio tomou conta de mim. Sua boca se soltou na minha e ele me beijou também, a mão caída sobre meu peito como uma flor, leve como uma pétala e balançando como em uma brisa. Parei de beijá-lo e soltei sua cabeça, deixando minhas mãos caírem ao meu lado. Ele estava livre para parar, se quisesse, podia ir.

Vivek ficou ali, a mão ainda no meu peito, a respiração entrecortada. Sua cabeça estava baixa, cachos pretos caindo sobre o decote bordado do cafetã, contra os fios de prata. Parecia estar pensando, então fiquei parado, olhando para ele, esperando que se decidisse. Mantive a mente deliberadamente vazia, pensando só nele, porque sabia que assim que recomeçasse a pensar, podia enlouquecer com o que acabara de fazer.

Minutos se passaram. Vivek não disse nada; seus pensamentos escorregavam por um rio invisível, longe demais de mim. Reuni forças e deslizei minha mão direita pela parte da frente de suas calças. Meus dedos roçaram o tecido esticado e ele arfou, olhando para mim em choque. Foi um alívio ver que ele estava tão pronto, saber que não era só eu. Ele sussurrou meu nome e eu o encarei sem me mover. Com minha mão esquerda, puxei sua palma para mim, pressionando-a contra meu jeans para que ele sentisse como eu estava duro, quanto doía. Meu primo estremeceu e se inclinou sobre mim, sobre minha mão e contra mim, e meu corpo inteiro virou uma emoção ruidosa.

"Viu?", sussurrei. Não tinha ideia do que estava falando, talvez de desejo, mas ele assentiu como se fizesse todo sentido.

"O.k.", disse, e se afastou de mim. "O.k."

Vivek atravessou o quarto e cobriu o rosto com as mãos, puxando a pele para baixo. "Podemos ficar só deitados aqui por um minuto? Preciso me deitar."

"Claro." Tentei parecer calmo.

"O.k. Obrigado." Ele subiu na cama e se deitou de costas, cobrindo os olhos com os antebraços. Hesitei antes de me deitar ao lado dele, então olhei para o teto. Podia ouvi-lo ao meu lado, respirando fundo de propósito. Estava tentando se acalmar.

"Isso é real?", perguntou.

Eu sabia exatamente o que ele queria dizer. Era como se tivéssemos nos retirado de tudo o que conhecíamos e entrado em algo completamente novo, como se aquilo que havia acabado de acontecer não pudesse ter acontecido do outro lado, só deste.

"Sim e não", respondi, a voz hesitante. "Como quiser."

Vivek virou a cabeça e descobriu os olhos para me olhar. "Você já fez isso alguma vez?"

Eu quase ri. Quanta diferença do tempo em que ele era virgem e eu zombava dele. Agora era como se eu estivesse começando de novo, como se não soubesse nada.

"Não", admiti. "Nunca. Você já?"

Seu olhar não vacilou. "Já."

Fiquei surpreso com o baque que senti. "Ah. O.k."

Vivek virou de lado e pegou na minha bochecha, puxando meu rosto para ele. "Ficou com ciúmes?" Parecia achar graça daquilo.

"Vai se foder", respondi, e ele riu de mim.

"Você está com ciúmes", cantarolou, e me beijou e puxou minha camisa, tocando minha barriga e mergulhando dentro do meu jeans. "Não fica com ciúmes", sussurrou, enquanto seus dedos me puxavam para fora. Meu corpo se arqueou em direção ao teto e Vivek abaixou a cabeça até que seus cabelos viraram uma sombra espalhada em meus quadris.

Eu morri na boca dele.

Foi prazer e terror mais evidentes que já senti. Como o menino que tinha lascado meu dente podia ser o mesmo que agora pressionava sua bochecha contra meu umbigo? Eu sentia a vergonha como se fosse uma sombra em meu peito, mas era vaga, insignificante. Eu não me importava. Não me importava.

Faria de novo, tudo de novo, por ele, sempre por ele. Agarrei sua cabeça e gritei quando gozei, meu corpo inteiro era um fio desencapado. Vivek levantou e me envolveu nos braços. Eu não conseguia parar de tremer.

"Ei, ei." Ele me apertou mais forte. "Osita, está tudo bem. Tudo bem. Respira."

Meus dedos estavam agarrados ao tecido de seu cafetã e todos os músculos do meu corpo pareciam ter travado. Ele encostou sua testa na minha, e sua pele estava fria. "Bhai", sussurrou. "Relaxa."

Por alguma razão, tive vontade de bater nele. Não sabia dizer se estava me confortando ou me imobilizando, mas ele tinha muito mais força do que eu esperava. Mal podia me mover. Como fui burro quando supus que eu é que o tinha imobilizado antes, que eu era o mais forte. Ele ficou nas minhas mãos porque quis, não porque eu o obriguei. Eu tinha sido muito burro, ponto-final. Me debati, mas ele não me soltou.

"Deixa sair", ordenou, e senti minha garganta se retorcer, sons sufocados dentro dela. "Estou aqui. Está tudo bem. Deixa sair, bhai." Meu rosto estava apertado contra seu peito e quando o grito saiu da minha boca, afundou em seu corpo, o volume abafado. Eu estava chorando — soluços estúpidos, vergonhosos — e Vivek pôs a boca perto do topo da minha cabeça. "Você está a salvo", murmurou. "Sou só eu. Somos só você e eu."

Ficamos deitados juntos daquele jeito até que todas as lágrimas saíssem de mim, até adormecermos ambos, molhados no sal um do outro.

Catorze
Vivek

Se eu já não amasse Osita, teria começado só por causa daquela noite. Por ele ter ido me encontrar, por me beijar até que eu visse sentido nas coisas. Por se abrir, me confiando seu segredo.

Naquela noite, mais tarde, acordei com ele beijando sem pressa meu pescoço. Ele foi gentil ao levantar o tecido branco do meu cafetã, gentil ao me tocar com as mãos molhadas de cuspe, ao me penetrar — parecia que era a minha primeira vez, não a dele.

Os lençóis se arrastavam pouco a pouco debaixo de nós. Virei a cabeça e olhei para ele. "Não vou quebrar, sabia?"

Osita se balançava lentamente dentro de mim. "Eu sei."

"É sério." Estava difícil pensar com tanta pele dele ao meu redor. "Não precisa ir com calma."

Ele foi mais fundo, um centímetro glorioso por vez, e eu gemi. "Eu sei", ele disse, a voz grossa. "Fica com isso aqui por enquanto."

Eu sei o que falam dos homens que deixam outros homens penetrá-los. Coisas feias; palavras feias. Chamam a gente de mulheres, como se isso também fosse feio.

Ouvia coisas assim desde o ensino médio e sabia o que aquela noite fazia de mim. Menos que um homem — algo nojento, fraco e vergonhoso. Mas se esse prazer me impedia de ser homem, tudo bem. Eles que ficassem com aquilo. Aceitaria a luz ofuscante do toque dele, a paz abençoada de tê-lo tão perto, e não seria mais homem.

Eu nunca tinha sido mesmo.

Quinze

Juju não sabia nada do seu meio-irmão até vê-lo com os próprios olhos.

Ela tinha ido ao correio, que ficava a dois ônibus de casa e vivia lotado por causa do mercado de peixe do outro lado da rua. Maja avisara Juju para nunca pegar um okada por lá — as pessoas dirigiam como loucas, não era seguro —, então, quando desceu do ônibus, ela fez o resto do trajeto até o correio a pé, esquivando-se de motos em alta velocidade e passando pelas calhas de escoamento na ponta dos pés. O ar cheirava a água do mar podre.

Juju tinha ido aos correios trocar alguns livros e ver se conseguia encontrar alguma coisa para Elizabeth no sebo ao ar livre que acontecia ali aos sábados. "Veja se eles têm uns romances da Pacesetter", Elizabeth pedira. Ela e Juju haviam começado um relacionamento, escondidas dos pais, e Juju se sentia culpada por não passar mais tempo com ela. Tinha quase certeza de que seu pai estava tendo um caso, e que ele e a mãe estavam escondendo a situação dela, o que não adiantava nada, porque era um segredo grande demais, ruidoso demais. Sua mãe vivia sussurrando ao telefone, ou gritando com o pai, quando pensavam que Juju estava dormindo. A voz de seu pai incinerava a noite e Juju ouvia os baques conhecidos de suas mãos batendo na mãe. Ficou surpresa quando ele foi mesmo embora — parecia que ele havia se rendido à mãe, e Juju o conhecia demais para acreditar nisso —, mas ficara feliz por ele ter partido, feliz porque o ar da casa se acalmara e elas podiam se mover com um pouco mais de liberdade. Mas com o novo relacionamento e as coisas que estavam acontecendo com Vivek, Juju andava distraída. Era a primeira vez que namorava uma menina, e de algum modo achava mais fácil focar em outras coisas que não em Elizabeth e nos sentimentos assustadores que nutria por ela. Ainda assim, queria achar os livros de Elizabeth. Pelo menos isso ela podia fazer como namorada.

Juju estava examinando os cinco livros da Pacesetter que conseguira encontrar, sentindo-se vitoriosa, quando levantou os olhos e viu o pai. Atrapalhada, deixou cair um dos livros, as páginas tremulando em pânico. Charles estava de pé ao lado de uma mulher baixa de quadris largos e apliques castanho-avermelhados no cabelo. Ele segurava a mão de um menino de cinco ou seis anos, talvez. A criança era tão parecida com Charles que Juju entendeu imediatamente o que estava vendo: a outra família do pai. Ela deu um passo para trás, misturando-se com as pessoas ao redor, desaparecendo. Era para ele estar em Onitsha, pensou. A negócios. No entanto, lá estava ele, em sua própria cidade, com aquela mulher e aquele garotinho.

Seu primeiro impulso foi correr para casa e contar para a mãe. Já tinha começado a forçar caminho pela multidão, na direção do ponto de ônibus, quando uma náusea bateu em seu estômago: a mãe já sabia. Não surpreendia que ele tivesse ido embora. Ele tinha outra família para encontrar em casa, e não precisava nem sair da cidade para vê-la. Juju olhou para o pai e viu a mulher sorrindo para ele, os dentes reluzindo como num anúncio da Colgate. Aquela alegria palpitante fez Juju ter vontade de pegar uma pedra e jogá-la na cara da mulher.

Uns dias antes, ela se apoiara na porta do banheiro e vira a mãe chorar baixinho enquanto arrancava um molar descolorido da própria boca com um alicate pequeno. Já fazia algum tempo que a mandíbula de Maja estava inchada — ela dissera a Juju que era uma infecção, o que era verdade, mas também era o resultado de uma briga com Charles. Ela tinha escondido o hematoma com maquiagem.

"Mamãe, por que você não vai ao dentista?", Juju perguntou, estremecendo ao ver o dente bater na pia.

A mãe fez gargarejo com água oxigenada e cuspiu um redemoinho de espuma e sangue. "Tem que viajar para encontrar um dentista bom. Às vezes até pro exterior."

"Então por que você não faz isso?"

Os olhos de Maja reluziram com a raiva que ela normalmente escondia da filha. "Por que você não pergunta pro seu pai? Diz a ele que meus dentes estão todos apodrecendo na minha cara!" Passou por Juju e bateu a porta do quarto, deixando a filha trêmula.

Agora, vendo o pai no mercado, Juju sentiu uma onda de repulsa tão forte que teve vontade de se curvar na sarjeta e vomitar tudo o que comera naquele dia. Queria matá-lo; talvez fizesse isso, se ele voltasse para casa. Envenenar a sopa dele ou alguma coisa assim. Não podia ser tão difícil, e ninguém teria coragem de dizer que ele não merecia, não com sua mãe de coração partido, não com o dente ensanguentado na pia.

Juju foi para casa, jogou os livros em um canto do quarto, deitou-se na cama e ficou ouvindo sua pulsação galopar pelo corpo. Estava com raiva demais para chorar, era jovem demais para salvar a mãe e levá-la para longe daquele país e do homem que a encurralara aqui. Cobriu o rosto com um travesseiro e gritou embaixo dele, e foi aí que começaram os soluços, grandes, altos, só parando quando ela caiu em um sono exausto.

Juju acordou com o ruído longínquo de alguém batendo na porta do andar de baixo, o som subindo as escadas em uma sequência insistente. Gemeu e rolou da cama, aí desceu para abrir a porta. Vivek estava lá fora, vestindo jeans e uma camiseta verde com estampa de borboletas. A palavra *Filipinas* estava bordada por baixo delas, em letra cursiva. Juju reconheceu a camiseta — sua mãe a havia dado a Vivek depois que o pai se recusou a usá-la. ("Estamos na Nigéria", ele disse. "Ninguém está interessado em seu país.")

Vivek passou por Juju e entrou na casa. Alguém havia trançado seu cabelo e a trança estava pendurada como uma cobra entre suas omoplatas. "Você estava dormindo?", perguntou. "Nem anoiteceu."

Juju fechou a porta depois que ele entrou. "Tirei uma soneca." Sua cabeça estava cheia e pesada. Vivek subiu as escadas correndo até o quarto dela e Juju foi atrás, vendo-o rodopiar e cair em sua cama.

"Uau", disse, "você está cheio de energia hoje."

Ele a olhou de cima a baixo. "Ao contrário de certas pessoas", retrucou. "O que rolou com você?"

Juju balançou a cabeça. A dor ainda era muito pessoal, a informação muito nova. Ela queria segurá-la, escondê-la nas mãos mais um pouco antes de abrir os dedos e deixar que os outros vissem. Sentou-se na cama ao lado de Vivek e jogou o corpo para trás, olhando para o teto. "Você acha que eu sou uma namorada ruim?", perguntou.

Vivek virou-se para ela e se deitou de lado, apoiando a cabeça em uma mão. "Pra Elizabeth? Por que acha isso?"

"Não sei." Juju torceu a ponta de uma das tranças entre os dedos. "Não sei se estou fazendo as coisas do jeito certo." Ela não tinha planejado nada daquilo; não tinha uma queda por Elizabeth desde criança, como Osita. Juju relutava em ficar amiga dos filhos das Nigesposas, porque não acreditava em comunidades pré-fabricadas — não dava para juntar as pessoas e achar que elas iam virar um sistema de apoio de verdade só porque tinham uma ou outra coisa em comum. As mães tinham conseguido, mas porque eram uma organização de verdade. Isso não queria dizer que os filhos seguiriam o exemplo.

Mas aí Vivek voltou para casa, e Somto e Olunne lhe deram apoio, e quando o trouxeram à casa de Juju, ela se apaixonou por ele, de certa forma — não como se apaixonaria por Elizabeth depois, mas ela e Vivek tinham se encaixado. Eles cabiam no mundo solitário um do outro. Todo mundo percebeu; Somto e Olunne nem se importaram de ver ele e Juju se aproximarem tão rápido, talvez porque, como irmãs, já soubessem o que é ter uma melhor amiga. Para Juju, era algo novo; e ela achava que, para Vivek, a amizade podia ter amenizado um pouco a dor da ausência de Osita. Mas agora Osita estava de volta, e Juju tinha Elizabeth. Ela ainda não conseguia acreditar que tinha uma namorada — atiradas uma na vida da outra graças às Nigesposas, que aparentemente nunca se cansavam de empurrar os filhos para os filhos das outras.

Não que Maja e Ruby tenham desejado que as filhas se apaixonassem, nem que soubessem alguma coisa do que estava acontecendo. Tudo o que fizeram foi começar uma experiência de produção de geleias. Tinham até uma lista das geleias que fariam: de goiaba, de manga, de mamão. Talvez até de marmelo. Para arrastar Juju para o projeto, Maja tinha comprado um saco de goiabas verdes grandes — do tipo que Juju gostava, firmes e brancas por dentro. Mas Ruby sugeriu que seria melhor usar goiabas de outro tipo, pequenas e macias, de miolo rosado ou amarelo, então Maja mandou Juju à casa de Ruby pegar um saco dessas. "Vamos fazer com os dois tipos e ver qual funciona melhor."

Juju revirou os olhos, mas amava a mãe e o projeto das geleias era divertido, então foi. E foi assim que ela reencontrou Elizabeth, e o que Juju sempre se lembraria, daquele dia, era do calor. Como ele empurrava o ar para baixo, úmido e insistente, como forçava caminho através da pele até parecer que os próprios ossos tinham esquentado. Juju pegou um ônibus quase cheio e se sentou no banco dobrável ao lado do condutor, a parte de trás das coxas grudando no forro de vinil rasgado. O condutor estava agachado junto à porta aberta, segurando-se nas paredes do ônibus, que descia a rua. Juju se inclinou para se afastar da mulher ao seu lado, que fedia a bacalhau e suor. O calor cozinhava o mau cheiro, intensificando-o até que ficasse insuportável, quase sufocante. Quando Juju chegou à casa de titia Ruby, estava abanando a barra de sua camiseta para tentar pegar uma brisa na pele. Como o portão de titia Ruby estava destrancado, Juju entrou e foi direto para a porta dos fundos. Estava aberta, mas com a porta de tela fechada e trancada.

"Oi?", chamou, enxugando a testa. "Tem alguém aí?"

Passos vieram pelo corredor; então Elizabeth apareceu, nebulosa atrás da tela mosquiteiro verde. Estava de shorts e camiseta, mais alta do que nunca. Juju ficou ali parada, com um sorriso educado, enquanto Elizabeth destrancava a porta.

"Boa tarde", disse, um pouco envergonhada de seu tom formal. "Sou a filha da titia Maja."

Elizabeth ficou olhando para ela por um momento, uma expressão vazia no rosto, e Juju a encarou de volta. Lembrava-se do rosto de Elizabeth, mas naquela época ela era uma criança magricela, de pele escura, cabelos trançados e vestidos bufantes. Agora havia raspado o cabelo, e Juju se pegou olhando para aquela pele toda, do couro cabeludo aos braços e pernas, e até mesmo para o decote suave que a camiseta não conseguia cobrir. Ela estava sem sutiã. Juju corou.

"Ah, a titia Maja", Elizabeth disse enfim, depois de passar um milênio olhando para ela em silêncio. Sua voz era grave e doce. "Você é a Juju. Pode entrar." Ela deu um passo para o lado e Juju tentou passar pela porta, mas era impossível entrar sem esbarrar em Elizabeth, que não se moveu. Apenas sorriu e olhou para baixo enquanto Juju se espremia para se esgueirar. "É um prazer te ver", disse, e Juju ficou se perguntando se tinha ouvido um quê de diversão em sua voz.

"O prazer é meu", disse.

Elizabeth trancou a porta e foi em direção à cozinha. "Você quer beber alguma coisa?"

A pergunta pareceu vir de muito longe. Juju estava observando suas pernas, a protuberância suave das panturrilhas, a parte macia atrás dos joelhos, e mal prestara atenção no que ela estava dizendo. Ela andava olhando para as garotas daquele jeito, com um interesse na textura de sua carne, fazia algum tempo, mas vivia com medo de que elas percebessem e lessem sua mente, as partes que até Juju tinha um pouco de medo de ver. Então evitou os olhos de Elizabeth, para o caso de ela ter percebido que queria beijar sua nuca. Olhou para cima, para baixo, para os azulejos da cozinha, para qualquer lugar, menos diretamente para aquela moça alta e bonita. Depois, quando já estavam juntas, Elizabeth disse que tinha sido a coisa mais fofa que ela já vira. Juju achou que ia pegar as goiabas e voltar, mas quando viu já tinha aceitado o copo de água, e aí começaram a conversar, e só horas mais tarde ela foi embora com as frutas.

Na próxima vez em que se encontraram, Elizabeth foi à casa de Juju levar potes de geleia para Maja, que insistiu que Juju a convidasse para subir até seu quarto, achando que ficariam amigas.

Elizabeth beijou Juju pela primeira vez naquele dia, rápido, quando estava saindo.

"Não precisa ficar com tanto medo", disse. "Também gosto de você."

E foi isso; foi assim que Juju arranjou uma namorada.

"Eu acho que você é ótima com a Elizabeth", Vivek estava dizendo, seu corpo longo espalhado na cama de Juju. "Você acha que não está sendo legal?"

Juju virou-se de lado também, de frente para ele. "Não conto tudo pra ela", disse.

Vivek olhou para Juju, e seus olhos eram poças calmas e escuras flutuando debaixo de cílios longos. "A gente não conta tudo pra ninguém", disse, gentil. Estavam deitados tão perto um do outro que Juju sentia a respiração dele nas bochechas. De repente o ar pareceu se encher de segredos, uma bolha iridescente em torno deles.

"O que você não me contou?", ela sussurrou, mantendo a voz dentro daquela bolha.

Vivek esticou a mão e passou o polegar em sua bochecha. "Pra você eu conto tudo", disse. "É pros outros que não conto."

"Você não conta tudo pro Osita?"

Os olhos dele caíram brevemente em sua boca. "Não", disse, depois de uma pausa, arrastando o olhar de volta para o dela. "Nem tudo."

Juju sentiu o rosto ferver. Pensou que ele tinha esquecido — quase achou que tivesse sonhado — o que acontecera na manhã seguinte, depois que Osita veio atrás de Vivek em sua casa. Juju tinha deixado os meninos sozinhos, foi cuidar da própria vida, e tentou não ouvir nada do que acontecia no quarto do outro lado do corredor. De manhã, acordou cedo e fez um chá, depois sentou-se na janela de seu quarto, olhando os pássaros no jardim da mãe. Quando a porta se abriu, já sabia que era Vivek. Ele veio até o banco na janela, deu um beijo no alto de sua cabeça antes de se sentar a seu lado e entrelaçar suas pernas às da amiga. Estava sem camisa e cheirava a sexo. Juju se inclinou e o beijou pela primeira vez, a caneca de chá entre eles, sua respiração pungente e doce da menta. Não sabia se ele tinha ficado surpreso, mas Vivek correspondeu ao beijo, seu hálito matinal azedo na língua dos dois, até que parou e mordiscou o nariz dela de leve. "Bom dia", disse, pegando a caneca dela e dando um gole, o cabelo despenteado e escuro. Ele olhou pela janela e o sol da manhã bateu em seu rosto e Juju se perguntou por que o beijara. Talvez porque ele tinha sido dela, e agora ela sabia que não era mais, ou talvez nunca tivesse sido. Mas Vivek nunca mais mencionara o beijo, e agora Juju não tinha certeza se ele estava insinuando algo ou se ela estava imaginando coisas.

"O que você está escondendo da Elizabeth?", ele perguntou.

"Não contei de você e o Osita."

Os cantos da boca de Vivek se curvaram, achando graça. "Por que não?"

"Não tem nada a ver com ela, e você sabe o jeito dela com você." Elizabeth tinha levado muito tempo para perdoá-lo pelo que tinha acontecido no quarto de empregados com Osita anos antes. Juju teve de explicar os episódios de fuga diversas vezes, explicar que Vivek não sabia o que estava fazendo, que nem sequer se lembrava de nada depois. "E você sabe o que ela acha do Osita. Eu... Eu não confio que ela não vai ficar meio assim quando souber que vocês dois são..."

"Amantes."

"É."

Vivek observou seu rosto por um momento. "Mas ela é sua namorada", disse. "Você não devia confiar nela?"

Juju deitou-se de barriga para cima, afastando-se dele. "Vamos falar de outras coisas", disse. Ela e Elizabeth não falavam muito de seu relacionamento. Estavam namorando, sim, mas para quem poderiam contar? E se você não conta para outras pessoas, a coisa é real ou só algo que vocês dizem uma para a outra? Às vezes Juju achava mais fácil pensar nelas do jeito que as outras pessoas pensavam, como amigas próximas. Então a pergunta era: será que ela tinha de contar à amiga próxima sobre aquela manhã com Vivek? Foi só um beijo, não queria dizer nada, então Juju ficou quieta.

"O.k.", disse Vivek. Sentiu o olhar dele nas bochechas. "O que você está escondendo de mim?"

Juju encarou o teto até seu olhar ficar borrado pelas lágrimas. "Meu pai está tendo um caso."

"O quê?" Ele se aproximou dela e colocou uma mão em suas tranças. "Como você sabe?"

"Eles andam brigando e gritando um com o outro. E hoje eu o vi na feira com... a *outra família* dele, Vivek. Com a mulher e um menininho." As lágrimas escorreram de seus olhos e pelas laterais de seu rosto, deslizando para dentro das orelhas. Vivek enxugou algumas.

"Sinto muito", sussurrou. "Vem cá."

Juju enrolou os braços em seu pescoço e ficou chorando em seu ombro. "Me sinto um erro", disse, a voz abafada e embargada. "Ele sempre quis um filho homem. Se eu fosse menino, talvez ele não batesse tanto na minha mãe."

"Shh, não fala assim. Não é verdade."

Juju tentava parar de chorar, mas não conseguia. "Ele odeia a gente", soluçou. "Ele trocou a gente e não deixa minha mãe ir pra casa e os dentes dela estão caindo e ele fica batendo nela e eu não posso fazer nada, Vivek, *não posso fazer nada.*" Sua voz sufocou-se sozinha, nós de dor bloqueando a garganta, e Vivek só fazia abraçá-la mais forte, sussurrando, prendendo o corpo dela contra o seu. Juju chorou horas em seus braços, enquanto a tarde rastejava para a noite e a luz lá fora caía e o sol se punha e o tempo todo Vivek a abraçava.

Dezesseis

Ebenezer era bom no seu trabalho.

Ele trabalhava como borracheiro fazia quinze anos, consertando pneus, sempre naquele mesmo cruzamento. Era rápido com as mãos e confiável. Mesmo clientes que poderiam ir a um borracheiro mais perto de onde moravam vinham até a Chief Michael Road só para consertar o pneu com ele. Todos os motoristas de okada da região preferiam seus serviços, porque ele nunca tentava cobrar demais; às vezes, quando a coisa ficava devagar para eles, Ebenezer fazia o conserto fiado. Eles o chamavam de Dede, e quando os concorrentes tentavam arranjar encrenca com ele, os meninos dos okadas intervinham e ficava tudo certo.

Os motoristas de okada eram um grupo unido, como qualquer pessoa que jogasse um deles para fora da estrada logo descobria. Os meninos rodeavam o carro para impedir o motorista de fugir, quebravam suas janelas e amassavam a lataria, se achassem necessário. Ebenezer gostava deles mesmo assim. Eram barulhentos e durões, mas eram meninos e o lembravam de seus irmãos mais novos.

Sua mulher, Chisom, era feirante no mercado ali pertinho; vendia tecidos e artigos de armarinho. Estavam casados havia seis anos, mas não tinham filhos, o que havia se tornado um problema nos últimos dois anos. A família de Ebenezer culpava Chisom, diziam que ela era seca ou amaldiçoada, que alguma coisa que fizera tinha bloqueado seu útero. Nunca gostaram dela, porque já se virava sozinha antes de conhecer Ebenezer.

"Cuidado com esse tipo de mulher", um dos irmãos de Ebenezer tinha dito. "Elas começam a achar que são homens, e quando notar, ela vai estar querendo ser chefe da casa e te fazer de empregado."

Ebenezer os ignorara. Ele queria uma mulher que tivesse alguma noção de negócios, não alguém que passasse os dias sentada em casa esperando que ele trouxesse tudo de que precisavam. Além disso, ela não se importava com a cicatriz no rosto dele, não o achava feio. Uma pessoa como Chisom continuaria focada em seus negócios, ele sabia, porque era o que sempre fizera. Mesmo se — não, *quando* — eles tivessem um bebê, Ebenezer sabia que Chisom amarraria o menino nas costas, como as outras mulheres do mercado, e continuaria trabalhando. Ele se via construindo uma família de trabalhadores obstinados, subindo na vida juntos, mas a falta de um filho estava obstruindo sua fantasia. Por toda parte só se viam muros cobertos de pôsteres falando de planejamento familiar, tentando convencer as pessoas a terem menos filhos, e eles lutando para ter um único. Era humilhante.

Uma vez, depois de uma briga sobre isso, Chisom abandonara o barco.

"Sou sempre eu que vou ao médico. Uhum! Cansei. E você, por que não vai lá ver se o problema não é com você?"

Ebenezer recuou, chocado. Antes que conseguisse responder, ela se virou na cama, puxou o lençol para se cobrir e fingiu que estava dormindo. Ele ficou lá sentado por alguns minutos, e quando finalmente pensou em alguma coisa para dizer, pareceu bobo acordá-la, então foi dormir também. Quando comentou sobre a conversa com um de seus irmãos dias depois, ele riu.

"Não te falei?", respondeu. "Agora ela vai te culpar pelo útero seco dela. Tá vendo o que arranjou?" Ele contou para o resto da família, e a partir daí todos se empenharam em condenar Chisom e a repetir para Ebenezer que sua esposa era uma inútil.

Chisom parou de falar com o marido por causa disso, e eles começaram a conviver como estranhos. Ebenezer sentia sua falta, mas não achava que devia pedir desculpas por ter comentado seus problemas conjugais com a própria família. Chisom não entendia como ele podia ter contado a eles o que estava acontecendo, sabendo o que achavam dela, e lhes dado mais argumentos contra ela. Assim, um silêncio cresceu entre os dois, e Ebenezer era orgulhoso demais para rompê-lo.

Começou a olhar mais para outras mulheres — não com qualquer intenção, só especulações preguiçosas sobre que tipo de esposas dariam, como seria se ele tivesse se casado com alguma delas e tido filhos. Havia uma mulher de Abiriba que cuidava de uma barraquinha de comida do outro lado do cruzamento onde ele trabalhava. Todo mundo a chamava de Mama Ben e ela fazia o melhor feijão que Ebenezer já provara. Ela tinha quatro ou cinco filhos, ele não tinha certeza, e continuava bonita: pele bem lisa, sorriso agradável e se vestia bem. Ebenezer se perguntava como seria ser seu marido, com aqueles filhos todos e uma mulher que era dona do próprio negócio, como sempre quis.

Começou a frequentar a tenda de Mama Ben cada vez mais; sentava-se à mesa de plástico redonda, com um papelão dobrado sob uma das pernas para não bambear. Ela sempre o recebia com um sorriso, como fazia com todos os clientes, e embora ficasse tentado a acreditar que o sorriso que dava para ele era diferente, especial, Ebenezer sabia que não era. Ainda assim, era gostoso ficar lá sentado, tomar uma Pepsi, conversar com os outros clientes. Mama Ben olhava para ele como se ele não tivesse aquela cicatriz no rosto, e a única outra mulher que tinha feito aquilo era Chisom. Ebenezer ficava na barraquinha até tarde, de olho no outro lado da rua para o caso de algum cliente aparecer, e depois ia para casa contente e cheio de boa vontade. Ignorava o silêncio da mulher e ia dormir com a lembrança do sorriso de Mama Ben na cabeça.

Uma noite, quando os outros clientes já tinham ido embora, ele se ofereceu para ajudá-la com alguma coisa na cozinha, o que lhe dava uma desculpa para ficar a sós com ela. Lá, num canto nos fundos, ele a seduziu com palavras doces e sem sentido, ela riu e ele beijou seu pescoço suado. Ela tinha gosto de sal. Naquela noite, ele tateou no escuro da cama e puxou os quadris de Chisom, e ela topou, mas não era nela que ele estava pensando, nem por um minuto. Na verdade, foi com muito esforço que ele conseguiu falar seu nome, a certa altura, e só porque não sabia o nome verdadeiro de Mama Ben, e o que mais dá para dizer na cama?

Chisom continuou dormindo o mais longe possível dele no colchão, mesmo depois de terem feito sexo. Na manhã seguinte ela não falou com ele, e dessa vez Ebenezer nem ligou. Nem pensava mais em Mama Ben. Não, a mulher que ele tinha na cabeça agora era a vendedora de laranjas que vira na semana anterior, com voz doce e uma nyash que balançava, sedutora, debaixo do cafetã. Ela tinha aparecido em seus sonhos, e ele considerou isso um sinal. Pelos quadris, parecia que ela não teria nenhuma dificuldade de parir. Ebenezer acordou do sonho com uma ereção, e ficou pensando na mulher enquanto tomava um café da manhã rápido de chá e pão. Procurou por ela a caminho do trabalho, e enquanto atendia o primeiro cliente do dia, mas não a viu. O cliente era bancário no Emerald Bank, que ficava logo na esquina, suava em sua camisa formal e estava batendo papo com a colega para quem dava carona, uma mulher baixinha com tranças de raiz grossas no cabelo e saia de poliéster bem passada.

"Eu sei que o gerente tem medo que eu tome o emprego dele", o bancário estava dizendo. "E por que não? O cara é um preguiçoso! Eu conseguiria fazer o que ele faz, se me dessem a oportunidade. A chave do sucesso é essa, sabia?" Ele olhou para a colega com a expressão séria de alguém que dava um precioso conselho para a vida. "Escuta o que estou dizendo. São as oportunidades que vão trazer sucesso pra sua vida. Quando você vir uma porta abrindo, entre! Tenho certeza que seu marido já passou por isso. Pergunta pra ele. Ele vai te contar."

A mulher olhou feio para ele, mas o homem nem percebeu, os olhos já distraídos por outra mulher, que passava na frente da barraca da Mama Ben, do outro lado da rua. Era alta, tinha cabelos de Mami Wata caindo em duas tranças pelas costas, e usava um vestido florido que ia até as panturrilhas. Suas sandálias eram simples, marrons, mas as unhas dos pés tinham sido pintadas de um vermelho chamativo. Ela tinha o andar e a aparência de uma modelo, braços finos e maçãs do rosto proeminentes. O bancário a secou e começou a mandar beijinhos, apertando os lábios. Como ela não virou a cabeça, ele gritou: "Gatona! Vem aqui pra eu te escalar!", e explodiu em gargalhadas espalhafatosas, como se tivesse dito a coisa mais engraçada do mundo. "Esse cabelo é seu, mesmo?", continuou.

"Que bobagem!", a colega o interrompeu. "Você acha que esse cabelo é dela?"

O bancário a olhou com desdém. "Só porque seu cabelo parece uma vassoura quebrada ninguém mais tem o direito de deixar crescer?"

Ela ignorou o insulto. "Comprido assim? Abeg, isso é aplique. Tenha bom senso."

"Que mentira, já vi várias gatas de cabelo comprido."

"Biko, é tudo aplique! Você é burro?"

"E aquelas gatas do Norte, nko? O cabelo delas cresce muito."

"Aquelas lá estão sempre de trança. Além do mais, você viu esse tipo de mulher onde?" Ela deu um muxoxo e revirou os olhos.

O bancário puxava pela memória. "Eu sei que já vi alguém de cabelo comprido assim. Não com essas bobagens de aplique que você fala." Ele estalou os dedos de uma mão e da outra, como se aquilo fosse trazer a lembrança. "Em algum lugar."

A colega se apiedou dele. "Não tem problema. Afinal, não é que a gente ache que vocês, homens, vão saber a diferença, quando o assunto é cabelo. Até hoje meu irmão ainda não sabe diferenciar aplique e cabelo de verdade." Ela riu da ignorância masculina sobre o assunto. "Ele achava que era só alisar que o cabelo ficava mais longo, e aí era só trançar."

"Foi no banco!", o colega exclamou, sem ter escutado nada do que ela disse. "Aham! Eram duas moças, e o cabelo delas era bem comprido e fino! *Kai!* Acho que eram irmãs. Estavam com o pai, mas tenho certeza que a mãe delas era estrangeira."

"Ah", a mulher disse. "Se você está falando de mestiças, aí é outra história."

"Eu conheço essas meninas", Ebenezer disse, apertando os parafusos do pneu do carro do homem, que acabara de trocar. Os dois bancários olharam surpresos para ele, agachado e cheio de graxa, de chinelos velhos e pés empoeirados.

"Ahn, você conhece?" O homem perguntou com um sorrisinho. "E como você as conhece?"

"O pai delas é meu cliente. Elas parecem gêmeas, mas uma é mais alta que a outra, abi?"

O bancário assentiu de má vontade. "É", disse. "Foi o que pensei também, que talvez fossem gêmeas."

A mulher estava ficando cheia daquela conversa. "E daí? Estou dizendo que a mulher alta tinha aplique no cabelo. Ponto-final." Todos se viraram para olhar de novo para a tal mulher do cabelo, mas ela já ia longe.

Os bancários pagaram Ebenezer e foram embora, e ele voltou a matutar se a vendedora de laranjas passaria por ali naquele dia ou não.

Nas semanas seguintes, ele viu a moça alta algumas vezes. Uma vez, voltando da feira com sacolas de plástico cheias de verduras; outra, indo à loja Mr. Biggs do cruzamento. Outra, parecia estar só caminhando, ouvindo um Discman em sua bolsa. Ebenezer concluiu que ela provavelmente morava ali perto, porque estava sempre caminhando, nunca de okada ou táxi. Parecia o tipo de moça que gostava de ir a pé a todo lugar. Deve ser por isso que é tão magra, pensou.

Em geral ela estava de óculos escuros e, depois daquele primeiro dia, com o cabelo sempre preso na nuca. Ebenezer nunca conseguiu descobrir se era ou não aplique. Até pensou em perguntar para Chisom, mas ela já nem deixava mais que ele a tocasse à noite. "Como é que a gente vai ter um filho se você não quer nem tentar?", ele reclamava, mas ela o ignorava. Ebenezer sabia que ela queria que ele fosse ao hospital fazer exames, mas aquilo era vergonhoso demais, então seguiram daquele jeito. Chisom saberia com certeza se aquilo era aplique. A irmã mais nova dela era cabeleireira.

Numa tarde em que estava sem muitos clientes, decidiu perguntar a Mama Ben.

"Ahn. Há quanto tempo você está de olho nessa moça?" Ela parecia meio contrariada, e ele se apressou a tranquilizá-la.

"Mba, foi um cliente que ficou falando disso. Eu, eu nem olho pra essas moças magricelas. Parecem peixe seco. Gosto de mulher de verdade." Desenhou uma silhueta cheia com as mãos e deu uma piscadela. Ela riu, apaziguada.

"Talvez a menina seja do Níger", sugeriu. "Um desses refugiados que vivem lá na feira."

Uma amiga de Mama Ben se intrometeu: "Haba, escuta, aqueles lá são mendigos. Eu já vi essa menina de que ele está falando. Parece que é de boa família. E não é clara como aquelas lá. Deve ser aplique. Por baixo, com certeza o cabelo dela é assim." Ela agarrou um tufo do próprio afro e puxou, rindo. Ebenezer riu também, seus olhos encontrando os de Mama Ben.

Nas últimas semanas, Mama Ben lhe contara seu nome de verdade: Florence. Ele também descobrira que ela era viúva e tinha três filhos, não quatro ou cinco, como pensava. Sua irmã solteira morava com ela e ajudava a cuidar das crianças. Ele tinha ido à casa dela uma vez, depois de dizer a Chisom que ia fazer um atendimento em domicílio à noite. Ele não tinha entrado, só acompanhado Mama Ben até lá e conversado com ela algum tempo. Ela sabia que os vizinhos iam comentar, mas não se importava. E eles não tinham como saber que ele era casado.

Ebenezer sentia que estava chegando a algum lugar com ela — não sabia bem aonde, mas estava ansioso por chegar lá. Ele estava comendo arroz e um cozido na barraca dela no dia em que o mercado pegou fogo, e saboreava carne de bode quando os primeiros sons começaram a vir do fim da rua. Mama Ben e sua clientela ficaram parados em frente à tenda, observando a rua, e os sons foram chegando lentamente, primeiro gritos, depois urros assustadores. Alguns clientes terminaram de comer rápido e foram embora, na direção oposta à confusão.

Mama Ben ficou preocupada. "Parece que está começando mais um tumulto", disse. "Será que eu devia fechar?"

"Você não mora pra aqueles lados?", Ebenezer perguntou.

"Sim, mas não quero acabar no meio da confusão. Não dá pra saber o que vai acontecer."

"Espera aqui", ele disse. Atravessou a rua correndo, jogou uma lona por cima de suas ferramentas, depois voltou para a cantina. "Fecha tudo", instruiu, empilhando as cadeiras de plástico e as levando para dentro. Mama Ben deitou as mesas de lado e encostou-as nas paredes. Foram rápidos, ouvidos atentos ao barulho, que ia ficando mais alto. Ebenezer enfiou as garrafas vazias nos engradados e os arrastou para os fundos. A última coisa que queria era deixar vidro assim, à mostra. Uma vez vira um homem levar uma garrafada na cabeça, o couro cabeludo se soltando visivelmente do crânio antes que o buraco se enchesse de sangue. Era sua pior lembrança.

Os dois baixaram juntos a grade de proteção de metal, fecharam as portas internas e sentaram no espaço apertado, ao lado das prateleiras de doces e biscoitos. Mama Ben parecia assustada, mas mantinha a calma. Já tinham visto tantos tumultos nos últimos tempos que não era grande surpresa acabar no meio de um.

"O que será que causou isso?", perguntou.

"Talvez a coisa com os muçulmanos de novo", ele sugeriu. "Você sabe o que as pessoas acham de quem vem do Norte."

Mama Ben balançou a cabeça. "Não sei por quê. São pessoas que vieram pra cá para trabalhar, mandar um dinheirinho pra família. Por que precisam ir lá perturbá-las?"

Ebenezer a olhou de relance. "Por causa do que está acontecendo no Norte. A gente devia cruzar os braços e ficar só assistindo ao que estão fazendo com nossos irmãos e irmãs?"

"Mas não foram esses aqui que fizeram isso. Então, por que não os deixam em paz? Se querem ir atrás de alguém, bom... vão pro Norte procurar quem está arranjando problema lá!"

Ebenezer balançou a cabeça. Não estava a fim discutir aquele assunto com uma mulher.

"Além do mais", ela continuou, "provavelmente foi só um ladrão."

"E por que você acha isso?"

"Não vem da direção do mercado? Ele provavelmente roubou alguma coisa, uma das feirantes berrou, e você sabe o que acontece depois. Pneu. Gasolina."

Ebenezer endireitou as costas. O mercado, pensou. O barulho estava vindo do mercado. *Chisom continuava no mercado.*

"Chineke m ee", disse, engolindo uma rajada curta de ar. "Minha mulher está lá." Levantou-se de um pulo e começou a destrancar a porta. Mama Ben agarrou seu braço.

"Estão se aproximando!", disse. "Não abre a porta, abeg."

"E daí?", retrucou. "Vou deixar minha esposa no meio do negócio e ficar escondido aqui com você, que nem uma mulher?"

"Você quer ir pro meio do tumulto? Está doido? Vão acabar com você num minuto."

"Hapu m aka!" Ele afastou a mão dela com um safanão e ergueu a grade de proteção, ignorando o guincho que fez.

Atrás de si, ouviu Mama Ben praguejar em voz alta. "Não vá! Melhor ficar aqui", avisou. "Tenho certeza que sua mulher está bem. Agora ela precisa de você, é?"

Ebenezer parou, virou-se e encarou Mama Ben. "O que você disse?" Ela cruzou os braços, teimosa. Ele bateu o portão de ferro ao sair, olhando para ela em choque através das barras. "Você é uma mulher perversa", disse, antes de ir embora.

"Ebenezer!", ela gritou. "Ebenezer!"

Ele a ignorou e continuou na parte interna da valeta improvisada à beira da estrada, andando em direção ao mercado. Naqueles poucos minutos que haviam se passado desde os primeiros gritos — pôde ver, mesmo à distância —, a situação evoluíra para o caos. A estrada estava cheia de carros e okadas, os passageiros desesperados. Um homem enxugou a cabeça com um lenço, olhou para o sangue na mão, e então cruzou os olhos com Ebenezer por um momento antes de a motocicleta passar zunindo. Ebenezer engoliu em seco e saiu correndo. Estava coberto de culpa e de vergonha por ter ficado escondido em segurança na cantina de Mama Ben sem nem pensar em sua mulher, que estava lá fora, em sua barraca no mercado, sem grade de metal para se esconder atrás. Perguntou-se se ela havia fugido assim que o caos começou, se havia saltado em um okada, se a veria da beira da estrada. Mas sabia que Chisom era teimosa, que não abandonaria sua mercadoria ali, com ou sem tumulto. Seria como jogar dinheiro fora, não faria sentido para ela. Devia ter se demorado tentando fechar as sacolas, e vai saber o que poderia ter acontecido com ela nesse tempo. Uma bala perdida de um dos bandidos, ou da polícia, se eles aparecessem. Jesus Cristo, pensou, e se alguém a agarrasse no meio daquela loucura toda? E se ela fosse estuprada? Disso, sua mente saltou e foi parar em: E se ela for estuprada e ficar grávida? Uma náusea rodopiou por seu corpo e ele começou a correr. Conforme se aproximava do mercado, viu colunas finas e escuras de fumaça subindo para o céu. "Chineke, o mercado está pegando fogo", sussurrou para si mesmo, tão chocado que parou. Agora imaginava Chisom morrendo queimada, ou terrivelmente desfigurada sobrevivendo às queimaduras, a pele do rosto se soltando como a daquelas mulheres do Norte que foram atacadas com ácido. Ebenezer começou a correr de novo. Tinha que salvar a esposa. Não podia nem pensar em perdê-la, porque tinha ficado com aquela mulher, que obviamente sempre desejara o mal de Chisom. Vai saber o que ela tinha posto na comida dele. Afinal, normalmente ele nunca faria uma coisa daquelas, ir à casa de outra mulher. Ela devia ter colocado um feitiço nele. Só podia ser. Mas agora sentia que tinha quebrado o encanto dela, e que tudo ficaria bem. Contanto que encontrasse Chisom.

Enquanto corria, passou por um casal que discutia na beira da estrada. Era a moça alta de cabelo comprido. O homem que estava com ela segurava seu braço, sacudindo-a com tanta força que seus cabelos caíam sobre os olhos.

"A gente tem que ir já!", ele gritava. "Sabe o que vão fazer com você?"

Ela se afastou dele com tanta violência que tropeçou para trás. Ebenezer viu sua saia esvoaçar no ar, coberta de flores vermelhas miúdas, mas passou por eles, os deixando para trás e ele não conseguia ouvir mais nada por causa do barulho dentro de sua cabeça e no ar.

Ao chegar mais perto da multidão, reduziu para uma marcha rápida, tentando se manter nas laterais. Esbarrou em muita gente e levou uns empurrões, mas ninguém foi para cima dele. As pessoas estavam concentradas em chegar a algum lugar. Depois, soube que a maioria estava indo para a região próxima à mesquita, no mercado principal da Chief Michael Road, onde alguns hauçás trabalhavam como sapateiros em um mercadinho. Um desentendimento entre um comerciante hauçá e um cliente igbo, um figurão dono de uma loja, tinha engrossado tanto que o comerciante estapeara o dono da loja. Em instantes, uma multidão se reunira, compacta e furiosa, pronta para fazer todos os demais nortistas pagarem por aquele homem e sua impertinência. A cidade não era deles — eles não podiam fazer o que quisessem aqui e achar que iam se safar.

Ebenezer atravessou seções inteiras do mercado, agora em ruínas, o ar repleto da fumaça vinda das partes que ainda estavam em chamas. Os becos lamacentos estavam tomados por pedaços de pano colorido pisoteados por muitos pés; os feirantes corriam de um lado para outro, tentando resgatar a mercadoria da lama, chorando, praguejando, apavorados. A fumaça piorou quando ele chegou à loja de Chisom, onde ela vendia botões e agulhas e peças de máquina de costura e linhas. Sua seção já estava abandonada. Algumas lojas haviam sido trancadas às pressas, como se isso pudesse protegê-las do fogo. Em outras, as mercadorias estavam jogadas na porta, descartadas por comerciantes que tentaram salvar seus produtos, mas já estavam com os braços cheios demais. Ele alcançou a porta de madeira da loja de Chisom, com sua tinta azul-clara descascada, e tossiu ao chamar o nome dela. Partículas de fuligem haviam se depositado no tecido branco que estava pendurado na porta, à venda.

"Chisom!", gritou.

"Ebenezer?", ela emergiu dos fundos, o rosto marcado pelas lágrimas secas, mas parecendo calma. "Você veio!"

Ele correu e abraçou a esposa, que ficou em seus braços, entorpecida e assustada. "Você veio até aqui", ela disse, incrédula.

"Você está bem?", ele perguntou, acariciando seu rosto.

Chisom fez que sim. "Eu estava ensacando as coisas o mais rápido possível."

"Esqueça essas coisas, mulher! Não está sentindo o cheiro da fumaça? Você quer ficar aqui esperando o fogo chegar?"

"Estou quase terminando. Só não sabia como ia levar tudo. A gente não pode se dar ao luxo de perder a mercadoria."

Ebenezer olhou para a esposa e para a determinação em seu rosto. Aquela tenacidade, percebeu, era algo que ele podia muito bem aprender com ela. Como enfrentar o fogo e não correr, como fazer o que fosse preciso para sobreviverem, porque assim tinha decidido. Ela podia ter se machucado, podia ter sido morta, mas tinha ficado ali mesmo assim. Ebenezer sentiu vergonha por ter teimado tanto com ela em não ir ao médico. Ela havia empacotado as coisas, sem saber como ia conseguir carregar tudo, simplesmente porque estava pronta para lidar com aquilo quando a hora chegasse. Agora a hora havia chegado e ele estava lá, como deveria, como deveria estar sempre. Por que ela teria de carregar qualquer coisa sozinha se ele era seu marido?

"Estou aqui agora", Ebenezer afirmou. Chisom deu um sorrisinho hesitante e ele a abraçou mais uma vez. "Vamos", disse. Ele carregou a maior parte das sacolas de feira que ela enchera e os dois deixaram o mercado, tropeçando aqui e ali, mas juntos. Fizeram sinal para um okada, que reconheceu Ebenezer, e subiram na moto, equilibrando as sacolas desajeitadamente enquanto o mercado ficava para trás.

O mercado queimou quase inteiro aquele dia. Foram anos até que o governo começasse a reconstruí-lo.

Dezessete
Vivek

Esta é uma das minhas lembranças favoritas com Osita. Estamos no meu quarto. Meus pais saíram e estamos a sós. Estou deitado com a cabeça em sua barriga nua e ele brinca com meu cabelo, esticando os cachos e os vendo enrolar de volta, como molas. Às vezes ele acaricia meu couro cabeludo e eu viro a cabeça para beijar suas costelas.

"Eu tive um sonho", digo.

Ele olha para baixo, lá dos travesseiros que o rodeiam. "Me conta", diz, daquele jeito que me mostra que ele está genuinamente interessado, que quer ouvir meus sonhos, minhas histórias.

"Sonhei que eu era a nossa avó", digo. "Olhei no espelho e ela estava lá, que nem nas fotos, e falava comigo em igbo."

"O que ela disse?"

"*Segura a minha vida por mim*." Espero sua risada, mas ela não vem. "Você acredita em reencarnação?", pergunto.

"Não sei se importa no que acredito", respondeu. "Se é, é, acredite eu ou não."

"Você sabe o que estou perguntando."

Meu primo dá um sorrisinho e enrola meus cabelos em seus dedos. "Falam de você e dela lá na aldeia, sabia?"

Eu nunca tinha ouvido falar sobre isso. Me sento com as costas um pouco mais retas, apoiado nele.

"Falam que ela morreu no dia em que você nasceu", ele continua, "e que meu pai e o seu discutiram por causa do seu nome.

Mas você não era menina, então...", Osita dá de ombros, deixando a história se dissipar.

"O que você acha?", pergunto.

Meu primo me olha com uma gentileza que não tem com mais ninguém. "Quem somos nós pra definir o que é impossível ou não?"

"Você não acha isso de verdade", digo.

Ele balança a cabeça. "É sério. Você sabe o que está acontecendo na sua cabeça. Só você sabe. Então pergunte a si mesmo se isso parece certo e, em algum lugar, bem no fundo, há uma bússola que indicará se você está certo ou errado."

Sorrio para ele. "É assim que você toma decisões?", provoco.

Ele passa os olhos por nós dois, nus na cama, e não sorri. Sinto um arrepio quando seu olhar me toca; sei que anuncia suas mãos, sua boca, todo o resto maravilhoso dele.

"Só as importantes", ele responde, e me puxa.

Dezoito

Três meses após a morte de Vivek, Chika tentou fazer Kavita parar de perguntar sobre ele às pessoas. Ela não deu ouvidos, claro. Achou ridículo ele lhe pedir aquilo — como se ela pudesse parar, como se houvesse alguma razão neste mundo para parar. Seu filho estava morto e enterrado na aldeia, nas terras de Ahunna, ao lado do túmulo dela. Chika colocara uma laje de concreto sobre o solo onde estava o corpo de Vivek; Kavita tentava não pensar na laje esmagando o filho. Por ela, ficaria o tempo todo ao lado do túmulo, mas as respostas não estavam lá. Tinham feito uma inscrição no concreto. VIVEK OJI, dizia. FILHO AMADO.

Chika queria acrescentar mais palavras, mas não sabia o que dizer e Kavita estava com a cabeça em outras coisas, como descobrir o que acontecera com ele, então acabaram deixando assim mesmo. Além disso, a frase dizia tudo — ele era amado, pelos pais e pelas amigas —, e era por isso, Kavita supunha, que nenhuma das tais amigas falava com ela, embora ela só quisesse saber o que tinha acontecido com seu filho.

Naquela manhã mesmo, Vivek tomara café com elas. Tinha dormido em casa na noite anterior, em vez de fugir correndo para a casa de Maja, Rhatha ou Ruby. Kavita ficara feliz. De manhã, Vivek amarrou o cabelo em um coque no alto da cabeça, torcendo-o até ficar bem firme, depois tomou banho e escovou os dentes. Kavita o viu jogar colheradas de leite em pó sobre seus flocos de milho, depois despejar água quente de uma garrafa térmica na tigela e mexer, e sorriu. Era seu café da manhã favorito desde criança. Claro que ele escolheu a dedo três cubinhos de açúcar, esperou que se dissolvessem no leite; claro que comeu os flocos de milho rápido — nunca gostou que ficassem encharcados — e depois levou a tigela à boca e bebeu o leite adoçado. Kavita se lembrava de cada segundo como se estivesse de volta à mesa com ele: a última vez na vida que veria o filho comer. O ato de colocar alimento para dentro corpo — era uma coisa tão típica dos vivos...

Nesse mesmo dia, só algumas horas depois da mesa do café, Vivek estaria estirado na varanda, o corpo esfriando em seus braços. Como? Não era possível.

Naquela manhã ele dissera que ia encontrar as meninas. Ela não sabia à casa de quem ele se referia; àquela altura, as meninas haviam se misturado em um grupo amorfo, Juju e Elizabeth, ou Somto e Olunne, ou qualquer outra combinação. As casas delas eram os únicos lugares que ele visitava. Antes mesmo do enterro, Kavita perguntara a todas se tinham visto Vivek, se sabiam alguma coisa sobre o que aconteceu.

"Ele veio à nossa casa primeiro", Somto disse. As meninas moravam com os pais em uma casa branca de dois andares em um bairro residencial perto da vidraçaria. "A gente estava fazendo panquecas para o café da manhã."

"Mas ele já tinha tomado café", Kavita disse, com os olhos inchados de tanto chorar. Ela torcia um dos lenços de Chika nas mãos, o algodão úmido esticado contra a pele. Somto deu um sorriso fraco. Ela também tinha chorado. "Era dia de panqueca, titia Kavita. Ele sempre vinha no dia da panqueca."

Kavita franziu a testa. "Não sabia disso. Desde quando?"

A garota encolheu os ombros. Suas trancinhas embutidas se juntavam e desciam pelas costas formando duas mais largas. "Desde que voltou da universidade. A gente o convidou naquele dia em que fomos à sua casa pela primeira vez. O que ele mais gostava era de virar as panquecas. Quando fomos ensiná-lo a fazer, ele derrubou a massa toda no chão. Uma bagunça!" Ela deu uma risadinha que desvaneceu rápido. "Mas depois ele ficou muito bom com as panquecas. Eu não consigo... Não consigo acreditar que ele se foi."

A menina desatou a chorar e Kavita só conseguiu sentir exaustão. Era curioso, pensou, como as pessoas lamentavam a perda de Vivek. De certa forma, ela sentia que não tinham o direito de chorar na sua frente. Afinal, era o filho delas que tinha morrido? Elas que tinham segurado aquele bebê no colo no dia em que nasceu? Não, eram só os dois, juntos, naquele hospital, quando Ahunna morreu, só Kavita e seu filho naquela cama, numa mistura de amor e incerteza, Chika ao lado deles como uma nota de rodapé. Lamentava o que acontecera em seguida — a depressão que teve, quando se afastou do filho, enlutada. Ela deveria tê-lo abraçado com mais força quando o mundo rodopiou ao redor deles. Sempre tinha sido só ela e o bebê.

A perda parecia cumulativa, como se ele tivesse se afastado dela tão lentamente que ela não notara o vão se formando durante sua infância. Foi só quando ele virou homem que ela percebeu que não conseguia mais alcançá-lo, que ele não estava mais ali, que estava tão longe que o ar já tinha deixado seu corpo. Ninguém mais podia sentir aquela vida inteira de perda. Ninguém havia perdido Vivek mais do que ela, mas choravam na sua frente como se aquilo significasse alguma coisa. Elas ainda são crianças, Kavita tentou dizer a si mesma, não têm maturidade suficiente para fazer a gentileza de guardar suas lágrimas para chorar no quarto, com suas próprias famílias, ainda inteiras. Mesmo assim, achava que eram pirralhas egoístas, que não tinham tido educação em casa nem compaixão nem empatia, e isso a deixava com raiva daquelas meninas que ela sabia que ainda amava, em algum lugar sob a raiva e a dor e a tristeza que sentia serem suas, e só suas.

Ela tinha dificuldades de compartilhar esse sentimento até com o marido, mas com Chika era mais fácil porque ele havia caído na mesma escuridão que o acometera quando sua mãe morreu. A dor de Chika arrastava para baixo cada centímetro de sua pele, puxando músculos e ossos, impedindo-o de levantar-se. Ele tirou uma licença no trabalho e ficava deitado na cama com uma camiseta cada dia mais suja. Às vezes, quando ela lhe dava uma ordem, cansada, ele se arrastava da cama, lavava-se com o olhar vazio e voltava a se deitar. Kavita não tinha disposição para fazer nenhum esforço a mais para tirá-lo daquela situação. Sabia dele e de Eloise — não foi esperto o bastante para esconder dela, e tinha sido fiel até então. Foi tão óbvio quando deixou de ser; as menores mudanças pareceram gritantes e chamativas. Ela não se importava no que a dor dele o transformaria. Uma parte dela achava que ele merecia enlouquecer: enquanto ela se entregava ao filho deles, ele estava se entregando à sua amiga.

Esperava que ele nunca descobrisse um jeito de sair daquela cama. Que apodrecesse ali.

Eloise chegou a ter a audácia de ficar ligando para saber como eles estavam. Kavita começou a desligar assim que ouvia sua voz. A mulher que descobrisse, sozinha, o quanto ela sabia. Nem atenderia mais telefonema nenhum, se não fosse pela possibilidade de ser uma das meninas ligando com informações sobre Vivek, alguma coisa que ainda não tinham confessado a ela. Também batia o telefone quando Mary ou Ekene ligavam. Para Kavita, eles tinham se tornado a mesma pessoa, e ela nunca os perdoaria pelo que havia acontecido na igreja deles. Chika tinha insistido em convidá-los para o enterro; mas, assim que acabou, para Kavita, eles também estavam enterrados.

Enquanto Chika ficava na cama deles, Kavita ia para o quarto de Vivek. Passava as mãos pelas paredes, pelos pôsteres que ele arrancava das revistas pop que Eloise trouxe da Inglaterra.

O interesse daquela mulher por seu filho agora parecia falso e feio; talvez fosse só um jeito de se aproximar de Chika. Kavita lembrou-se de que não se importava. Eloise que ficasse com Chika, se quisesse. Nada mais importava. Seus olhos passavam pelas imagens sem registrá-las: Missy Elliott. Puff Daddy. En Vogue. Backstreet Boys. Ele tinha pendurado todos antes de ir para a universidade. Kavita perguntou-se por que ele não tirara os pôsteres da parede depois de mudar. Ou talvez ele não tivesse mudado tanto quanto parecia. Agora ela dormia na cama dele e chorava. Às vezes pensava ouvir Chika chorando também, através da parede, mas nunca ia até ele.

Sentada de frente para Somto na sala da casa de Rhatha, Kavita via a menina chorar, pensando em como era ridículo que, mesmo aos soluços, ela continuasse linda. Nem um fio de muco deselegante pendendo do nariz, nem um excesso de saliva brilhando quando ela abria a boca para se lamuriar. O pranto de Somto era quase só de lágrimas, que cintilavam contra sua pele ao cair. Ela as enxugava com a barra do vestido, de saia cheia e larga, com pano o bastante para continuar cobrindo suas coxas mesmo quando ela se abaixava para alcançar o rosto com ele.

"Desculpa, titia Kavita", ela disse. "Sei que tudo isso deve estar sendo terrível para você."

Terrível, Kavita pensou. Que palavra. A sensação era de terror? Era mais de horror, na verdade. Terrível parecia carregar um pouco de aceitação, como se tivesse acontecido uma coisa impensável, mas você achasse espaço no cérebro para reconhecê-la, talvez até começar a aceitá-la. Mas, enfim, horrível parecia a mesma coisa. As palavras haviam se apartado de suas origens. Estavam diluídas, desnaturalizadas. Ela levantou os olhos e percebeu que Somto a olhava, sentada ali, em silêncio.

"Eu só quero saber como isso aconteceu", Kavita disse. "A que horas ele saiu daqui?"

Somto pensou um pouco. "Talvez lá pelo meio-dia? Ele não disse aonde estava indo. A gente supôs que ia ver a Juju."

"Tem certeza que ele não disse nada? E a Olunne? Talvez ela se lembre de alguma coisa."

Somto olhou para Kavita, meio preocupada. "Titia, você pode perguntar pra Juju. Eu sei que ela o viu naquele dia, mas não sei se ele foi direto daqui pra lá."

"Cadê a sua irmã? Quero falar com ela também."

"Ela não está. Saiu com a mamãe." Somto se levantou. Kavita percebeu o desconforto exalando de seu corpo. "Mas tenho certeza que a Juju está em casa com a titia Maja. Você pode ir lá e perguntar pra ela." Somto devia saber que estava sendo indelicada, mas não parecia se importar. "Tenho que sair pra resolver umas coisas", continuou. "Minha mãe vai ficar irritada se chegar em casa e eu não tiver feito tudo."

Kavita se levantou, já pensando no que perguntaria a Juju e a Maja. "Diz pra sua mãe e pra sua irmã que volto outro dia pra falar com elas", informou a Somto, que já fazia planos de evitar Kavita por algum tempo. Contaria à mãe das perguntas de Kavita, e talvez Rhatha as desobrigassem, ela e Olunne, de aguentar aqueles interrogatórios, como se o que acontecera ao amigo fosse culpa delas.

"Sim, titia", ela respondeu, porém. "Eu digo a elas."

"Não esqueça."

"Não vou esquecer."

Kavita pegou sua bolsa e virou-se para ir embora. "É importante."

"Eu sei, titia." Somto fechou a porta e apoiou-se nela, respirando aliviada.

Kavita parou do lado de fora da casa e observou o quintal, tentando imaginar o que Vivek teria visto ali em seu último dia, ao ir embora: o céu imenso lá em cima, a laranjeira se derramando por cima da cerca. Talvez tivesse parado na frente daquela porta, olhado para as nuvens e visto formas nelas, como fazia quando era criança. Kavita cruzou os braços e foi para onde tinha deixado o carro. Dirigiu atordoada até a casa de Maja, tão devagar que os carros ao redor buzinavam sem parar. Alguns motoristas se debruçaram para fora da janela para xingá-la. Ela não ouviu nada.

Maja a recebeu na porta com um abraço apertado. Kavita tentou retribuir o gesto, mas seus braços estavam cansados e moles. Deixou Maja levá-la até a sala de estar e lhe servir um chá. "Vamos, beba", Maja disse, e Kavita segurou a xícara com as duas mãos, sentindo o calor penetrando em suas palmas.

"Acabei de vir da casa da Rhatha", disse.

"Você devia estar descansando, querida."

"A filha dela disse que o Vivek esteve lá no dia que morreu. E que depois veio pra cá."

Maja olhou para a amiga com tristeza. "O que você está fazendo, Kavita? Você não pode ficar repisando isso. Não vai te fazer bem."

"Ele veio aqui?"

Maja suspirou. "Passei o dia todo no trabalho. Talvez tenha vindo. Sempre vinha." Colocou a mão no joelho de Kavita. "Pra que tantas perguntas?"

"Eu tenho que descobrir o que aconteceu. Meu filho não pode morrer e ficar tudo por isso mesmo."

"Foi um acidente, não foi? É o que o Chika disse ao Charles. Um acidente de carro? E alguém o levou até a casa de vocês?"

Kavita levantou os olhos lentamente para encarar a amiga, franzindo a testa. "Um acidente", disse.

"Alguém o reconheceu, não foi isso?"

"Devem ter reconhecido...", Kavita não sabia que era essa a história que Chika andava contando para as pessoas. "Senão, como iam saber em qual casa deixá-lo? Deve ter sido alguém que o conhecia."

152

"Bom, quem levou ele pra casa?", Maja perguntou. Ela não usou a palavra "corpo", e Kavita notou a pequena gentileza.

"Ninguém", respondeu.

Maja ficou confusa. "Ninguém o levou pra casa?"

"Não." Kavita balançou a cabeça. "Eu não... A gente não sabe quem o trouxe pra casa."

Houve uma pausa antes que Maja falasse novamente, com cuidado. "Quer dizer que você não viu a pessoa? Não falou com ela?"

Os olhos de Kavita se encheram de lágrimas.

"Não. Não vimos ninguém. Apenas... largaram ele lá, na nossa porta, como se fosse lixo." Kavita desmoronou em soluços e Maja foi sentar-se ao seu lado e a abraçou.

"Minha querida, isso é terrível", disse. "Eu sinto tanto."

"Eu só preciso descobrir o que aconteceu com ele. A polícia é completamente inútil e o Chika só fica olhando pra minha cara quando tento falar sobre isso com ele. Me pergunta que diferença vai fazer."

"Eu entendo seus motivos. Precisa fazer algum sentido."

Kavita assentiu. "Ele era tão jovem. Aconteceu alguma coisa. Não faz sentido. Tiraram a roupa dele quando deixaram ele lá."

Maja recuou, com repulsa. "O quê? Quem faria uma coisa dessas?"

"Não sei. Eu não sei de nada. É isso que tenho de descobrir. Por isso que preciso falar com a Juju. Tenho que saber o que aconteceu quando ele veio visitá-la aquele dia, que horas ele saiu daqui, esse tipo de coisa. Eu só preciso saber, Maja. Não vou conseguir dormir até descobrir."

O rosto de Maja se fechou um pouco. "Sinto muito, Kavita... Não vai dar pra você falar com a Juju agora."

Kavita parecia confusa. "Por que não? Ela não está em casa?"

"Bom, sim, está no quarto dela. Mas, Kavita, ela não disse uma palavra desde que soube."

"Não disse uma palavra sobre aquele dia, isso?"

"Não, o que quero dizer é que ela parou de falar... Ela não disse mais nada. Foi por isso que o Charles voltou."

Kavita piscou. Nem percebera que Charles estava de volta, embora tivesse notado sua presença no enterro. Mas nem perguntara a Maja por que ele estava lá, porque não se importava. Que importância tem um casamento em ruínas comparado à morte de um filho? Foi assim que Kavita descobriu que era uma pessoa terrível — mesmo sabendo de tudo que Charlie tinha feito Maja passar, mesmo vendo a dor no rosto de Maja, ela não se importava. Até as pessoas terríveis podiam ser boas mães. A última coisa que podia fazer por Vivek era descobrir o que tinha acontecido com ele. Maja continuava falando. "A gente está tentando dar um apoio pra ela, agora. Obviamente ela e o Vivek eram muito próximos, e ela está sofrendo muito com isso tudo. Temos que ter paciência com ela." Maja parecia estar tentando convencer a si mesma. "Ao menos o Charles parou de falar de trazer aquela mulher pra dentro da minha casa." Maja cuspiu as palavras "aquela mulher" como se tivessem um gosto ruim, mas havia um alívio correndo por baixo das palavras. Kavita sabia que deveria dizer alguma coisa solidária, mas continuou em silêncio.

Maja percebeu que não houve resposta e abrandou sua expressão. "Ela não vai querer falar com você, Kavita. E eu nem acho que seja uma boa ideia perguntar a ela sobre ele. Dói demais pra ela."

Kavita ficou olhando para Maja. Ela devia ter escutado mal. "Por acaso você... Acabou de dizer que dói demais pra ela?"

"Sim, é claro. Você sabe como eles se amavam."

Uma risada insana escapou da boca de Kavita. Ela não pôde evitar. "Eu sou a mãe dele!", exclamou, incrédula. "Dói demais pra *ela*? Você entende como isso soa ridículo?"

Por um momento, Maja não respondeu. "Kavita", disse, enfim, a voz firme, "é claro que você é mãe dele. Isso não quer dizer que não existam outras pessoas que o amavam e que também estão sofrendo com a morte dele."

"Eu não me importo!" Kavita se levantou rápido, o coração batendo forte. "Se vocês o amassem de verdade, estariam me ajudando a descobrir o que aconteceu com ele! Mas, em vez de fazer isso, todo mundo só quer me impedir de descobrir a verdade. Que tipo de amor é esse?"

Maja se levantou também. "Minha querida, é claro que eu quero te ajudar a descobrir o que aconteceu. Todo mundo quer. Só estou dizendo que a Juju não vai conseguir te ajudar agora. Ela está sofrendo…"

"Eu não estou nem aí pro sofrimento dela!", Kavita rosnou, e Maja se encolheu. "Não é *nada* que se compare com o que eu estou sentindo. A menina vai responder as minhas perguntas e depois deixo ela sofrer em paz!" Deu um passo adiante, mas Maja parou na sua frente, uma expressão dura e decidida no rosto.

"Eu disse que não, Kavita. Absolutamente." As duas ficaram se encarando. "Eu sei que você está passando por uma dor inimaginável", Maja disse, "mas é minha responsabilidade proteger minha filha, e eu não vou deixar você falar com ela. Não enquanto estiver desse jeito."

Kavita sentiu como se tivesse levado um soco de Maja. "Você está dizendo que não protegi meu filho?", ela sussurrou, a voz se estilhaçando.

A expressão no rosto de Maja se abrandou.

"Ah, Kavita, é claro que não estou dizendo isso."

"Parece que sim! Então meu filho morreu porque eu não o protegi, é isso?"

Maja suspirou, seu olhar solidário. "Vá pra casa, Kavita. Vá pra casa, descanse e sinta sua dor. Você não está raciocinando bem." Tentou colocar a mão no braço da amiga, mas Kavita a afastou para longe. Pegou a bolsa com raiva, passou empurrando Maja e saiu batendo a porta.

Em seu quarto, Juju estava sentada perto da porta, encolhida, o ouvido contra a madeira, escutando a briga das duas. Vestia uma camisola de algodão que não trocava fazia um dia ou dois. Nervosa, encheu a boca de saliva só para engoli-la, as palavras se rebatendo em sua cabeça. Ficou meio surpresa ao ouvir a mãe defendê-la de forma tão veemente; até se perguntou se ela usaria o sofrimento da mãe de Vivek para tentar quebrar seu silêncio. Mas a permissão para continuar protegida dentro da bolha de silêncio que criara ao descobrir que ele estava morto — aquilo era para Juju uma gentileza bem-vinda. Não sabia por que tinha parado de falar, para ser honesta. Parecia mais fácil. As pessoas ficavam perguntando como ela estava, como estava segurando as pontas, se estava bem, mas quando perceberam que ela não ia responder, acabaram parando.

A morte de Vivek tinha até conseguido trazer seu pai de volta para casa, e quase parecia que eles eram uma família de novo. Se a outra mulher ainda estivesse na jogada, ela certamente já teria ouvido os pais discutindo o assunto. Somto e Olunne tinham passado para visitá-la, mas Juju simplesmente deixara a sala e se trancara no quarto quando apareceram. Ficar em silêncio perto delas era mais difícil; ela precisou correr para manter a bolha intacta e continuar segura ali dentro. Elizabeth não tinha vindo, mas ligara várias vezes, e Maja precisava dizer que Juju ainda não estava falando. Elizabeth tinha até mandado uma carta. Juju a leu sentada no chão do quarto, encostada na cama:

Querida Juju,
  Nem sei o que dizer sobre tudo isso que está acontecendo. Sua mãe disse que você continua sem falar com ninguém, e depois do que aconteceu da última vez que conversamos cara a cara, você provavelmente não

quer falar comigo também. Tentei falar com você no enterro, mas você simplesmente me ignorou. Não vou mentir e dizer que não estou brava com você, mas é até meio estranho para mim continuar brava com você nessa situação. Quero ajudar mas estou brava com você mas Vivek morreu.

Está tudo uma confusão. Nem sei por que estou escrevendo esta carta. Talvez você pudesse me escrever de volta, se for continuar sem falar? Não posso continuar ligando pra sua casa só pra saber se você está bem. Pra ser honesta, ainda estou brava com ele também. Como posso ficar brava com alguém que já morreu? E não só morreu, como foi assassinado. Me sinto uma pessoa horrível. Isso devia ser o bastante pra perdoar vocês dois, aquelas coisas que as pessoas dizem sobre perceber que a vida é curta e dar valor a quem a gente ama, mas não é isso que sinto. Eu nem cheguei a conversar com ele sobre o que aconteceu.

Nem sei aonde quero chegar com isso. Só sei que ainda estou brava.

Sinto muito.

bjs,
Elizabeth

Juju dobrou a carta e a enfiou dentro de um livro. Ela não via Elizabeth desde mais ou menos uma semana antes de Vivek ser morto, quando contou a ela a verdade sobre a manhã depois de Osita ter ido a sua casa procurando pelo primo. Estava cansada de esconder aquilo de Elizabeth. Toda vez que a namorada sussurrava *eu te amo*, Juju queria retribuir, mas aquela manhã estava bloqueando sua garganta e as palavras não saíam. Ela sabia que Elizabeth estava magoada e confusa com seu silêncio; ela já tinha dito isso mais de uma vez.

"Eu sei que você me ama", ela dizia. "Por que não me fala isso? Você tem medo de que fique tudo real demais ou o quê? Você tem vergonha da gente?"

Juju também ficava frustrada. Ela sabia que amava Elizabeth e queria contar a todos, até mesmo a seus pais. A possessividade que sentia em relação a Vivek havia esmaecido, e em seu rastro ela conseguira reconhecer o que era o amor de verdade, aquilo que reluzia no ar entre ela e Elizabeth. Juju queria segurar a mão da namorada em qualquer lugar — na frente dos amigos e parentes, quando estavam todos juntos nas casas uns dos outros. Queria poder se aconchegar com ela no sofá e que as pessoas não achassem que havia algo de anormal naquilo. Não era justo — às vezes as pessoas achavam que ela e Vivek estavam juntos, e ninguém parecia ver problema nisso. Na verdade, fazia Vivek parecer um pouco mais "normal", deixava as pessoas mais à vontade com ele. Mas com ela e Elizabeth era outra história.

E lá estava Elizabeth, pensando que Juju, de alguma forma, concordava com essas pessoas — achava que elas tinham algum motivo para se envergonhar. Não era verdade, mas Juju não sabia como contar a Elizabeth o que realmente a preocupava: e se ela fosse embora? O que faria se perdesse Elizabeth? Juju a amava mais do que tinha amado qualquer menino, e Elizabeth disse que sentia o mesmo. Contou a Juju de Osita e depois de uma garota do último ano da escola que lhe apresentara alternativas muito além da inutilidade dos meninos. A garota mais velha lhe ensinara coisas, coisas que ela depois ensinou a Juju — que estar com meninas era muito melhor do que estar com garotos, porque eles eram egoístas e não sabiam fazer você sentir prazer. Garotas sabiam se tocar do jeito certo.

Ainda assim, tanto Juju quanto Elizabeth temiam que uma das duas acordasse um belo dia e decidisse que estava cansada de ficar com uma menina. Era por isso que Juju não queria contar a Elizabeth do beijo com Vivek. Ela sempre jurou que ele era apenas seu melhor amigo, que não havia nada entre eles, que tinha certeza de que Vivek gostava de meninos. Elizabeth acreditara nela. Por que não acreditaria? Não tinha por que achar que estava namorando uma mentirosa — ainda não.

Quando Juju finalmente lhe contou do beijo, Elizabeth ficou com uma cara atordoada. Juju viu o choque e a dor circulando por seu rosto, rapidamente substituídos pela descrença. "Espera, esse não é o mesmo Vivek com quem você sempre me disse que não tinha nada?", Elizabeth perguntou, e riu um riso oco. "Uau, eu fui uma idiota mesmo. Você ficou aí me fazendo de boba esse tempo todo. Meus parabéns!"

"Não é isso", Juju tentou dizer. "Me deixa explicar..."

"Não é isso como? Você sentiu tanta falta de um pinto que precisou dar em cima do Vivek, logo ele? Ele não é nem homem, pelo amor de Deus."

"Elizabeth!"

"Eu não o culpo. Todo mundo sabe que ele tem um parafuso a menos. Mas você... há quanto tempo está mentindo sobre isso? O que mais vocês dois fizeram?" Elizabeth levantou uma mão e olhou para Juju, enojada. "Na verdade, não quero saber. Não consigo nem olhar pra sua cara agora."

Ela se afastou e Juju foi atrás dela, tentando agarrar seu braço, mas Elizabeth a afastou. Juju chamou seu nome, a voz falhando, sem se importar com quem estava ouvindo ou vendo, mas Elizabeth não olhou para trás.

Uma semana depois, Maja entrou no quarto de Juju para contar que Vivek se fora, que havia "falecido" — palavras inúteis que tentam fazer a morte parecer menos ruim. Juju ficou olhando para a mãe enquanto a notícia da morte do amigo transformava em pó os pedaços em que Elizabeth deixara seu coração, até que não sobrou nada em seu peito para subir pela garganta.

Foi por isso que ela parou de falar, e a visita de Kavita não mudou a situação. Nada mudou até uma manhã em que Juju sonhou com Vivek e no sonho ele a beijava de novo, e um rio fluía de sua língua pela garganta dela. Juju acordou com a boca seca, mas quando Maja disse bom-dia, ela respondeu automaticamente e viu a alegria inundar o rosto da mãe. Charles estava lá — ele estava sempre lá, agora —, e quando ela o cumprimentou, ficou surpresa de ver o pai aliviado e envelhecido ao mesmo tempo.

Na próxima vez em que Kavita veio visitá-la, com o rosto magro e cansado, Juju disse a ela o que queria saber: que Vivek tinha vindo a sua casa naquele dia, mas fora embora à tarde, e ela achou que ele tinha ido para casa. Disse a Kavita que ele almoçou lá, mas que não comeu muito porque estava empanturrado de panquecas.

"Então você não sabe o que aconteceu com ele?", Kavita perguntou, seus olhos cheios de decepção.

"Sinto muito, titia. Não sei mesmo. Achei que ele tinha chegado bem em casa. Eu não sabia o que tinha acontecido até que...", a voz de Juju falhou e ela fez uma pausa para forçá-la a sair de uma vez só. "Até você ligar pra minha mãe."

"Eles o deixaram na frente da nossa porta, sabia?" Kavita parecia tão frágil.

"Eu sei, titia. Ouvi dizer." Maja estava esperando na entrada da sala de visitas e Juju olhou para ela, implorando por socorro.

A mãe se aproximou e pôs as mãos nos ombros de Kavita. "Vamos lá", disse. "Vamos tomar um chá. Juju, pode ir pro seu quarto."

Juju se abaixou para dar um abraço rápido em Kavita antes de sair, e sentiu suas omoplatas saltadas, como um osso da sorte prestes a quebrar no meio. Juju queria sussurrar que a amava, mas não era algo que elas costumassem dizer em voz alta, e ela sabia que não faria diferença. Ainda assim, vendo

Kavita daquele jeito, quase louca de tentar descobrir o que acontecera com Vivek, perguntou-se se a mãe dele não merecia um pouco mais de verdade — se ela e os outros não a feriam a cada vez que ela fazia as perguntas erradas e eles lhe davam respostas cautelosas. A verdade estava tão longe de suas suspeitas que ela não tinha a menor chance de sucesso ao interrogá-los; ela não sabia o quanto não sabia. Era a mãe de Vivek, e estava definhando diante dos olhos deles. Eles eram culpados, tanto quanto ela suspeitava. Estavam fazendo Kavita sofrer.

Juju ligou para Elizabeth.

"Não achei que fosse ter mais notícias suas", Elizabeth disse quando atendeu.

Juju a ignorou. "Temos que contar a verdade pra titia Kavita", disse. "Já é hora."

Dezenove
Osita

Juju ligou para dizer para nos encontrarmos no clube no domingo. Ela e Elizabeth já estavam lá quando cheguei, sentadas tão apartadas que entendi que continuavam brigadas, embora inconscientemente estivessem com o corpo inclinado uma para a outra. Juju batia o pé na grama, as pernas cruzadas. Elizabeth mal se mexia. Senti a raiva em camadas silenciosas dentro dela, sentada na cadeira de plástico, olhando para o vazio.

Desde aquele dia no quarto de empregados, Elizabeth e eu havíamos evitado nos encontrar. Quando ela e Juju se envolveram, isso ficou mais difícil, já que estávamos todos conectados por Vivek — que ela perdoou muito mais rápido do que me perdoou, aliás. Mas sem wahala. Fiquei em Owerri e cuidei da minha vida e tudo bem. Além disso, a Elizabeth que eu namorei era muito diferente da pessoa que ela tinha virado, de cabeça raspada e delineador grosso. Outras meninas usariam brincos grandes e batom para compensar o corte de cabelo, como se ainda estivessem no ensino médio, mas Elizabeth obviamente não estava nem aí. Às vezes tinha vontade de lhe dizer que ela estava com tanta cara de lésbica que era um milagre titia Maja não perceber que ela estava pegando sua filha — mas, enfim, melhor eu cuidar da minha vida.

Juju se levantou e me abraçou quando cheguei à mesa delas. Ficou abraçada comigo um longo tempo, e vi os olhos de Elizabeth se estreitarem. "Obrigada por ter vindo até aqui", sussurrou. Eu tinha ficado em Owerri depois que titia Kavita foi me buscar em Port Harcourt. Não podia voltar para a casa de Vivek, mas a dor se estendia até a minha, de qualquer maneira. Minha mãe chorava muito, embora eu nunca soubesse se era porque ele tinha morrido ou porque ela o deixara escapar. Nunca perguntei. Meu pai ficava vagando, a idade puxando a pele de seu rosto para baixo, mal falava com minha mãe. Eu sabia que ele queria estar ao lado do tio Chika, e estava sofrendo demais com aquela vala que as esposas haviam cavado entre os dois.

"Somos irmãos", ele me dissera, uma vez, quando perguntei como ele estava, com espanto e incredulidade na voz. "Continuamos irmãos, mas ele não fala mais comigo." Eu quase disse que sabia o que era perder um irmão, mas era um sentimento muito complicado para colocar em palavras, então o guardei dentro do peito.

"Você disse que era importante", lembrei a Juju quando nos soltamos.

Juju fungou e limpou o nariz. "E é mesmo. Vamos só esperar as outras."

"Elizabeth", eu disse, à guisa de cumprimento, acenando para ela.

"Osita." Ela me olhou rapidamente e deu um sorriso forçado, os lábios fechados, o tom cortante. "Que bom que conseguiu vir."

Àquela altura, imaginei que Juju já devia ter contado do meu relacionamento com Vivek para ela. Não fiquei surpreso com sua hostilidade e nem incomodado a ponto de me manifestar. Que motivo tínhamos para brigar? O garoto estava morto. Sentei-me e esperei, olhando para Juju. Ela parecia exausta. Havia tirado as tranças que usava no cabelo castanho-claro e feito um coque frouxo; tinha bolsas sob os olhos, nem um brilho nos lábios, e ainda assim estava mais bonita do que nunca, mesmo parecendo prestes a desmoronar. Foi estranho — o pensamento que tive em seguida foi que Vivek gostaria que eu cuidasse dela. "Como você tem passado?", perguntei.

"Ela está bem", Elizabeth retrucou. Quase respondi de volta, mas Somto e Olunne chegaram e todos nos cumprimentamos, reorganizando as cadeiras e distribuindo os cardápios. Juju e Elizabeth tiveram que aproximar suas cadeiras para dar espaço para Somto e Olunne, desfazendo o pequeno campo de força entre elas, e em sua ausência caíram de volta em um conforto habitual, as vozes se enredando num mesmo tecido. Fizemos nossos pedidos para o garçom, e então Olunne se virou para Juju. "O.k.", disse. "Viemos aqui fazer o quê? Por que fizemos o Osita vir de Owerri?"

Juju e Elizabeth se entreolharam e Elizabeth acenou discretamente com a cabeça. "Mostra pra eles", disse.

Juju enfiou a mão na bolsa e tirou um envelope colorido de lá, a superfície coberta de rostos de modelos sorrindo. "Mandei revelar outro dia, estavam na câmera do Vivek", disse, entregando o envelope a Somto, sentada ao seu lado. "Eu... acho que devemos entregar essas fotos pra titia Kavita."

Somto abriu o envelope e exclamou baixinho. Olhou para Juju, chateada.

"Você tirou fotos dele desse jeito?"

Juju tensionou a mandíbula. "Ele pediu. Eu devia ter dito não?"

Somto fechou o envelope sem olhar para as outras fotos que estavam dentro. "Então você quer dizer que as pessoas que revelaram as fotos também viram isso?"

Elizabeth revirou os olhos. "Usa a cabeça", disse. "Claro que viram. E daí?" Olunne estendeu a mão sobre a mesa e tomou o envelope da irmã. "Você já viu, Elizabeth?"

"Fui com a Juju buscá-las."

Somto estava com uma cara furiosa. "Você não devia ter tirado essas fotos, Juju. Não estou nem aí se ele pediu. E se alguém vir isso? E se alguém no estúdio de revelação tiver feito cópias?"

"Você não ouviu o que ela disse?" Olunne examinava as fotos; sua voz era gentil, quase divertida. "Ela quer mostrar pra mãe dele."

"Você é completamente doida", Somto disse a Juju. "Está ouvindo? Não está pensando direito. Titia Kavita não pode ver isso nunca. Já pensou no que isso vai lhe causar?"

"Acho que ela devia saber." Juju parecia incerta, amedrontada.

Elizabeth colocou a mão em seu braço. "Você o conhecia melhor", disse.

"*Ele não está mais aqui!*", Somto gritou. Elizabeth olhou feio e ela baixou a voz. "Ele não está mais aqui", repetiu. "Já está enterrado. Pra que mostrar isso pra ela?"

Olunne me entregou as fotos e eu peguei, o coração batendo rápido. Já sabia o que veria, e que bateria no meu peito como um caminhão. Não tinha visto nenhuma foto dele desde o enterro.

"Você não sabe como ela está", Juju argumentou. "Anda fazendo perguntas o tempo todo. Não vai parar. Ela quer saber o que aconteceu com ele."

"A gente não sabe o que aconteceu com ele", Olunne disse.

"Bom, ela acha que a gente sabe. Ou pelo menos que eu sei, só porque o último lugar em que ele esteve foi na minha casa."

"Ela veio a nossa casa umas vezes, mas parou", Somto disse.

"Sim, porque é a mim que ela está perturbando!", Juju retrucou. "Sabia que ela e a minha mãe até brigaram por causa disso? Minha mãe disse a ela pra não ir mais lá em casa — depois de tantos anos de amizade. Então agora ela só liga, sem parar, implorando pra eu lembrar de alguma coisa que não contei pra ela."

"E é isso aqui que você quer contar pra ela?" As sobrancelhas de Somto estavam erguidas, zombeteiras. "Não acha que isso vai levantar novas perguntas?"

Juju deu de ombros. "É a verdade. Ela sabe que ele andava escondendo alguma coisa. Por que não mostramos pra ela?"

"Porque a mulher está quase louca, Juju." Olunne disse isso como se estivesse afirmando um fato delicado. Continuei olhando as fotos, o papel brilhoso escorregando sob meus dedos. Lá estava eu em uma delas, sorrindo para a câmera. Eu lembrava daquele dia. Juju havia tirado a foto num fim de tarde, quando o sol se punha, e fazia um risco na parede de seu quarto. A luz cortou meu rosto bem no meio, deixando meu sorriso nas sombras. Coloquei a foto embaixo da pilha e continuei olhando as outras enquanto as meninas discutiam.

"Elizabeth, por favor, vem resgatar sua namorada", Somto disse, jogando as mãos para o alto. "Ela não para de falar bobagem."

"Não, mas sério." Olunne virou-se para Elizabeth. "Você acha que a gente deve contar pra titia Kavita?"

Elizabeth mordeu a boca. "Olha", disse, "no fim, todos os segredos acabam vindo à tona. É só questão de tempo. E quanto mais demora, pior é, no final." Ela ergueu um ombro e depois o deixou cair. "Todo mundo aqui sabe disso por experiência própria, abi?"

Quase senti Juju estremecer; sabia que ela estava pensando no pai. Ou talvez nos segredos que escondeu de Elizabeth.

Somto não estava convencida. "E como ela iria descobrir isso?", perguntou. "E você vai contar? Aliás, além da gente aqui, quem mais sabia disso?" Ninguém disse nada. "Exato. Então, a menos que um de nós decida abrir a boca, não tem como a titia Kavita ficar sabendo. Vocês não têm respeito nenhum. Deixa a mulher lembrar do Vivek do jeito que o conhecia, haba! Qual é a sua? Eu sou a única pessoa de bom senso aqui?"

Olunne cruzou as mãos e assentiu. "Pra que criar problema?", disse.

Juju e Elizabeth se entreolharam. "Duas a duas", Elizabeth constatou, e todas se viraram para mim.

"Acho que o Osita devia decidir", disse Juju.

Somto chupou os dentes. "Por que ele?"

Meu coração acelerou. Será que a Juju estava prestes a contar a elas sobre nós?

Olunne deu um tapa no braço da irmã. "Idiota. O Vivek é primo dele. É da família dele que estamos falando."

Juju concordou. "Ela é sua tia. Você decide."

A boca de Elizabeth se curvou num resmungo. "Sim", disse, com uma entonação de delicadeza exagerada. "Ele era seu primo." Ela me olhava diretamente nos olhos; dava para ver seu desgosto. Eu me perguntei o quanto Juju lhe contara, ou se isso tinha alguma importância àquela altura.

Juju olhou brevemente para Elizabeth, então se virou para mim de novo. "Você acha que ela precisa saber?"

Abri a boca para responder, mas a comida chegou e engoli as palavras. Ficamos todos em silêncio por um tempo, rearranjando as coisas na mesa para abrir espaço.

Depois que o garçom saiu de perto, Juju pegou um pedaço de inhame frito e esperou minha resposta. Elizabeth começou a comer sua suya, os olhos em meu rosto. As irmãs assopraram a tigela de sopa de pimentão que iam dividir, e eu fiquei encarando meu prato por um momento, olhando o ugba gorduroso e o pretume do caracol frito. O cheiro era forte e espesso em minhas narinas.

"Mostra pra ela", decidi, surpreendendo até a mim mesmo.

"Jesus Cristo", Somto exclamou.

Juju tossiu em um pedaço de inhame. "Espera, sério?" Ela não achava que eu fosse concordar. Pensou que eu ia preferir escondê-las.

"Mostra pra ela", repeti, fechando o envelope e entregando-o a Juju.

"Vocês vão matar a mulher", Somto disse. "Wallahi."

Ignorei suas palavras. "Você está certa", disse para Juju. "Ela precisa de respostas. Estamos todos fingindo que ele não foi assassinado. Como se fosse uma coisa normal o Vivek ter morrido."

"Mas nós sabemos *por que* ele foi morto", Olunne murmurou, enfiando o canudo no copo.

"Exatamente", respondi. "Nós sabemos. Mas ela não. Então mostra pra ela, pra que ela entenda. Pra que possa parar de fazer perguntas."

"Se acha que isso vai fazer ela parar de fazer perguntas, você está louco." Somto pegou a colher e mexeu a sopa de pimentão.

"Não, ela vai continuar fazendo perguntas. Mas serão perguntas diferentes. E talvez sejam perguntas que a gente possa responder."

Juju parecia estar prestes a cair no choro. "Obrigada", ela disse. "Não aguento mais ficar mentindo desse jeito."

"Jesus", Olunne disse. "Vai ser uma loucura. Se você contar pra ela, nossos pais vão todos ficar sabendo. Isso quer dizer que eles vão nos fazer perguntas. Pra todos nós. Por que a gente permitiu uma coisa dessas. Por que não contamos nada pra eles."

"Não era da conta deles", Juju disse.

"Ah é? Quero estar lá quando você disser isso pra sua mãe. Tenho certeza que ela vai entender." Olunne jogou o canudo no copo e cruzou os braços. "Vai ser um desastre. Eles vão nos matar."

"Pelo menos estamos vivos", Juju argumentou. "O Vivek não está."

A mesa ficou em silêncio. Então Somto colocou o rosto entre as mãos e gemeu. "Eu não acredito que você vai obrigar a gente a fazer isso."

Olhei para minha comida, já sem apetite nenhum, o coração apertado depois de ver as fotos dele. "Tenho que ir, vou voltar pra Owerri", disse, me levantando. As meninas me olharam, surpresas.

"Você não vai ficar com titia Kavita?", Somto perguntou.

Fiz que não com a cabeça. "Eu disse a minha mãe que voltaria hoje à noite."

"Você devia ficar", Olunne disse. "Não é seguro viajar até Owerri tarde assim."

"Tudo bem. Já fiz isso antes."

Juju se levantou. "Vou te acompanhar até lá fora", ofereceu. Eu me despedi e vi Elizabeth observando a namorada quando saímos da mesa. Atravessamos o prédio da frente e o saguão, parando do lado de fora do portão.

"Tem certeza que precisa ir?", Juju perguntou.

Ela estava bem perto de mim, mas eu não queria dar um passo para trás. "Tenho certeza que Elizabeth vai ficar feliz de eu ir embora", respondi.

"Não liga pra ela. Foi difícil pra ela quando descobriu, tá?"

Eu não sabia o que dizer sobre aquilo — sobre a namorada dela ter ficado a par do meu relacionamento com meu primo —, então apenas ficamos ali, parados no clarão da luz de segurança, alguns minutos.

"Que você não queira ficar com sua tia e seu tio, eu entendo", Juju disse. "Eu também não ia querer dormir lá sem o Vivek. Você sabe que pode passar a noite lá em casa sempre que quiser."

Eu ri. "Imagina o que seu pai diria disso."

"Ele está viajando a trabalho. A trabalho mesmo, dessa vez. E a mamãe te conhece, e você já ficou lá antes. Não seria problema."

"Obrigado, mas estou bem. Tenho que ir de verdade."

Juju me abraçou e eu a abracei também, com força. O pensamento voltou: Vivek gostaria que eu cuidasse dela. Mas eu não era ele, e nunca poderia substituir a pessoa que ele tinha sido para ela. Não me encaixava nesse quebra-cabeça específico. Ela acenou para mim depois que a soltei, e eu acenei de volta enquanto andava até a estrada principal. Sabia que ela continuava lá, sozinha sob a luz, me olhando enquanto eu me afastava.

No ponto de ônibus, comprei um sachê de água fresca e bebi devagar. Era burrice se preocupar com ela, pensei comigo.

Ela estava se virando muito bem antes de eu voltar, assim como todos nós. Como se a vida dos pais de Vivek não tivesse parado, ao menos parado tudo o que era importante, mesmo eles tendo que acordar de manhã e ver o sol cruzar o céu. Talvez estivéssemos todos fingindo estar bem porque o mundo não nos dava outra opção.

De repente me senti exausto, completamente esgotado. Sentei-me em um banco e olhei para a confusão ao meu redor. Meu ônibus chegou e eu continuei sentado, os gritos de *Owere! Owere!* do condutor rebatendo em meu crânio. Depois que os faróis do ônibus desapareceram na noite, me reconciliei com o fato de que havia tomado uma decisão e peguei um okada para a casa de titia Maja. Ele me deixou do lado de fora da cerca viva e escolhi um trecho perto do portão, onde não havia coisas crescendo por toda parte, para pular a cerca. Mandei uma mensagem para Juju da porta dos fundos: *Estou aqui embaixo.* Levou apenas alguns minutos até eu ouvir o clique do cadeado, ela destravar o portão de ferro e abrir a porta para mim.

"Tira os sapatos", sussurrou, enquanto trancava tudo novamente. Segurando-os na mão, fui na ponta dos pés atrás dela; subimos as escadas, prendendo a respiração até estarmos a salvo em seu quarto e ela trancar a porta atrás de nós. "Que bom que você decidiu ficar", disse.

Não respondi. Estava olhando ao redor do quarto, me perguntando por que diabos eu tinha pensado que a casa do tio Chika traria lembranças dolorosas demais do Vivek, quando as outras todas estavam ali, naquela casa. "Talvez eu não devesse ter vindo", falei.

"Bom, tarde demais." Ela deitou-se na cama, vestindo uma camisola de algodão até os joelhos. "Aproveita pra dormir um pouco, já que está aqui."

Hesitei. "E o quarto de hóspedes?"

Juju se sentou apoiada nos travesseiros e enxugou o rosto com a mão. "Osita. Por favor. Eu não consigo..." Ela espalmou as mãos sobre a colcha. "Simplesmente não consigo."

Seus olhos se encheram de água e eu tirei as calças, desabotoei minha camisa e subi na cama de regata e cueca boxer. *Cuida dela. Ela parece estar tão sozinha.* "Sinto muito", eu disse, segurando-a contra o meu peito. "Shh, tudo bem. Eu sinto muito."

Ela caiu no choro, abafando os soluços em meu peito para que eles não escorregassem por baixo da porta e rastejassem até o quarto de seus pais. Eu não disse nada. Simplesmente a abracei enquanto ela tremia de tristeza, e chorei também, mas baixinho, minhas lágrimas molhando seus cabelos. Era impossível não sentir falta dele quando estava com ela; era como se alguém tivesse enfiado uma pá no meu peito e depois puxado, tirando tudo o que podia dali, deixando para trás uma bagunça berrante. A dor engrossou tanto que comecei a soluçar junto, tentando enfiá-la no espaço entre o pescoço e o ombro dela, meus braços envolvendo-a como se quisesse me salvar também, e não só ela. Perdi tempo ali dentro, atormentado pelas lembranças de nós três naquele quarto, quando ele estava vivo e feliz; pensei até em Olunne e Somto e Elizabeth lá conosco, quando jogamos Banco Imobiliário e Vivek roubou; quando ele nos ensinou a jogar paciência com cartas de verdade; quando ele dançava e as meninas dançavam com ele e eu pensava: *Deus que me perdoe, eu o amo de verdade, de verdade mesmo*; quando ele estava alegre e brilhante e vivo, meu primo, meu irmão, o amor da minha vida perversa.

Já era tarde da noite quando saí daquele estado, com soluços. Choramos até dormir, ou entrar em uma espécie de estupor. Juju fungou e se sentou, o rosto manchado e os olhos vermelhos.

"Você está horrível", eu disse, sentando-me ao seu lado.

"Olha quem fala", ela retrucou, enxugando o rosto.

Eu sorri e alisei seus cabelos para trás. "Você está bem?"

Ela encostou a cabeça no meu ombro. "Sim. Não chorava desse jeito por ele fazia muito tempo. Desde que fiquei sabendo."

"Eu ainda não tinha chorado assim por ele."

Ela olhou para mim. "Sério?"

Fiz que sim. Não havia muito mais a dizer. Juju colocou o braço ao redor do meu peito e apertou um pouco, como se entendesse.

"O que a gente vai dizer pra sua mãe de manhã quando ela me vir?", perguntei.

"Não se preocupa, ela sai lá pelas oito. Não vai nos incomodar." Juju deslizou para fora da cama e foi até o tocador de CD.

"O que você está fazendo?", perguntei. "Você vai pôr música? A essa hora?"

Juju riu. "Mamãe já está acostumada. Eu gosto de dormir ouvindo alguma coisa." Colocou um disco da Mariah Carey, *Daydream*, pulou uma faixa e deu play.

Fiquei tenso quando a música começou, com um tilintar de sinos. "Essa não", eu disse. Era a favorita da Juju — quando Vivek estava vivo, ela a ouvia o tempo todo. Doeu ouvir a voz de Mariah cantando sobre o piano lento e a percussão suave, mas Juju não desligou. Em vez disso, começou a dançar, devagar, com passos simples, a camisola rodopiando suavemente ao seu redor. Seu cabelo estava solto e balançava nos ombros. "Eu já disse, essa não!"

Juju subiu na cama e montou em mim. A dor no meu peito quase me esmagava, mas ela pegou meu rosto nas mãos e seus olhos engoliram a dor que escorria da minha pele. "Está tudo bem", sussurrou. Fechei os olhos porque não queria chorar de novo. "Está tudo bem." Senti que me beijava e, pelo gosto, já tinha começado a chorar. Deslizei minhas mãos para suas costas e cravei os dedos em sua coluna, beijando-a também. Quase sentia o cabelo dele se arrastando por meus ombros, a mão forte dele na minha nuca. Antes que eu percebesse, minhas lágrimas se acumularam nos cantos da minha boca, e ela as engolia junto com as dela, enchíamos a boca de sal e línguas e dor molhada. Tirei minha camiseta e Juju se ergueu um pouco para que eu tirasse a cueca também, depois levantou os braços pra que eu puxasse sua camisola.

A voz de Mariah nos envolvia em notas altas e era como a dor de um coração partido despejando mil alfinetadas em nós. Juju abaixou-se para alcançar a gaveta da mesa de cabeceira e eu beijei o arco de seu pescoço, a asa de sua clavícula, a carne de seu ombro. Ela voltou à minha boca e rasgou o pacote da camisinha, erguendo-se novamente para colocá-la em mim. Engoli em seco quando ela deslizou de volta para baixo, os joelhos cravados no colchão, as mãos me queimando como ferros. Imaginei Vivek atrás dela, as pernas dele misturadas às minhas, a boca dele em suas costas; imaginei que pudesse ir além dela e encontrar os antebraços dele, puxá-lo para mais perto até que estivéssemos todos colados uns nos outros.

Mas quando estendi as mãos, só achei o ar, imóvel e quente.

"Ele não está aqui", Juju sussurrou, como se lesse meu pensamento.

Devolvi minhas mãos ao corpo dela, colocando-as nos quadris, que ela impulsionava para a frente.

"Eu sei", respondi. "Eu estou aqui com você."

Mas ele estava lá, de alguma forma, mesmo que apenas em nossas lembranças — Vivek estava lá porque sua ausência estava lá. Não nos importamos. Ele não teria se importado. Teria dado aquele sorrisinho irritante, deitado do nosso lado e assistido, feliz. Como era possível que ele não estivesse mais ali, se havia nos tomado de tal maneira quando estava?

Depois que acabou, Juju ficou deitada com a cabeça no meu peito. "Eu não contei pra ninguém", disse baixinho.

Virei a cabeça ligeiramente. "Não contou pra ninguém o quê?"

"Que você veio atrás dele no dia em que ele morreu. Depois que ele tinha ido embora daqui. Não contei pra sua tia."

Levantei uma mão para acariciar seu ombro. "Obrigado."

"Você não o encontrou, abi? Foi o que me disse." Ela falava como uma garotinha.

Beijei o topo de sua cabeça, grato por ela não poder ver meus olhos. "Não", eu disse. "Não o encontrei. Vê se dorme." Ela se aconchegou e fiquei escutando até sua respiração se acalmar. Mas continuei acordado, olhando para o teto, me perguntando se era certo mentir. A escuridão olhou para mim e não me disse nada, como sempre.

Vinte

Vivek

Ele estava certo. Claro que eu estava assistindo — eles estavam tão bonitos juntos. Coloquei minhas mãos na parte baixa das costas dela e no trecho mais sólido do peito dele. Beijei o suor do pescoço dela e da barriga dele.

Eles estavam me mantendo vivo da maneira mais delicada que podiam, entende?

Vinte e um

Chika repintou a casa de Ahunna para o enterro de Vivek, branco-osso em tudo, gotas respingadas no chão embaixo das paredes. Ekene já construíra uma casa para ele na mesma rua, um pouco mais adiante, mas Chika continuava apegado à casa da mãe, fazendo reformas e ampliações, como um parasita personalizando o corpo do hospedeiro. Nos anos que se seguiram à morte da mãe, ele plantara arbustos e árvores na propriedade, e fizera uma cerca com arame farpado enrolado no alto. Tinha escolhido branco mesmo sabendo que teria que retocar a pintura com frequência, pois a poeira da estrada de terra cobria as paredes de um vermelho fosco e arenoso. Chika fizera tudo isso em um surto de atividade, semanas antes de cair na cama e sucumbir novamente ao conhecido estupor da dor.

Haviam se refugiado todos na aldeia naqueles primeiros dias, Chika e Kavita e o corpo de Vivek, Mary e Ekene; era o único lugar onde podiam estar. O enterro iminente forçou uma trégua entre as mulheres, pela qual os irmãos ficaram gratos. Osita continuara em Owerri até o último minuto, apesar de uma briga acalorada com os pais. "Não vou perder o enterro", ele insistiu, mas Ekene ficou tão irritado com sua recusa em ajudar nos preparativos que levantou a mão para bater em Osita, algo que não fazia havia anos. Antes que pudesse desferir o golpe, porém, vislumbrou os olhos do filho, e o que viu neles — indiferença total — o incomodou a ponto de fazê-lo baixar o braço e sair da sala, sua raiva amarga e impotente no fundo da boca.

Quando chegou à aldeia, Ekene achou que Chika estava fazendo coisas demais para o enterro, mas não conseguiu abrir a boca, não quando seu próprio filho continuava vivo. Assistiu à casa ser pintada com a dor esquentando em seu coração, assistiu aos olhos do irmão ficando brilhantes de tão vermelhos. Chika não conseguia mais dormir.

Enquanto Kavita ficava na cama, o marido perambulava pela casa, entre baldes de tinta e pincéis, as lonas esticadas no piso de ladrilhos, os tapetes enrolados e os móveis cobertos. Tudo parecia morto ou suspenso, tudo estava pausado, um longo momento de silêncio tangível para marcar a perda do filho. Vivek jazia no embalsamador local, onde era preparado para o enterro, enquanto Chika caminhava pela noite, camadas de poeira sobre a pele. Pela manhã, Ekene lhe trazia o café e o fazia comer, ouvindo o irmão mais novo falar sem parar dos planos para o enterro. Ekene não dizia nada — sobre a pintura, a limpeza das terras, os preparativos para as comidas e a música —, mas chegou ao limite quando Chika falou de matar um boi.

"Mba", Ekene disse. "Você não pode fazer isso." Cruzou os braços e olhou para o irmão, que o encarou de volta.

"Como assim, não posso?", Chika respondeu. "O dinheiro não é meu? Alguém está pedindo pra você comprar o boi?"

"Você não está raciocinando direito, o que é compreensível, mas vou te falar, Chika, você não pode matar um boi em honra do seu filho. Não é certo."

Chika respirou fundo. "Você vai querer me dizer o que é certo no enterro do meu próprio filho?"

Ekene suspirou e sentou-se ao lado dele. "Ele era muito jovem, Chika. Matar um boi é celebrar uma vida. Fazemos isso para honrar alguém que viveu uma vida longa, plena, que não foi levado antes da hora. Comemorar assim — com um boi inteiro — seria como celebrar uma coisa antinatural, já que seu filho morreu jovem demais. Ịghọtala m?"

Chika murchou na cadeira. "Eu só quero homenagear meu filho", disse.

"E você pode e vai fazer isso", Ekene afirmou, colocando a mão em seu braço. "Quer saber? Mata um bode. Capaz de comentarem isso também, mas e daí? Dê esse reconhecimento a seu filho."

"Ele era meu único filho", Chika continuou. "A gente não matou um boi pela mamãe."

"Ela pediu pra não fazermos isso", Ekene lembrou, inclinando-se para trás e tirando a mão de cima do irmão. "Lembra o que ela disse? Que se ela morresse à noite, não era pra gente deixar o sol nascer e se pôr sobre o seu cadáver."

Chika deu um sorriso triste. "E aí ela disse que se a gente tivesse um bode ou um cachorro, era pra gente matar, mas só isso. Um enterro pequeno. Ela implorou."

"E nós fizemos tudo do jeito que ela quis. Então, como você pode matar um boi pelo seu filho se a gente matou só um bode pela mamãe? Vai ficar estranho."

Chika assentiu. "Tem razão."

"A Mary disse que vai ao matadouro de manhã cedo comprar carne suficiente para as pessoas que vêm."

"Ela que está organizando as coisas?"

Ekene olhou para o irmão. "Quem você achou que estava cuidando disso? A Kavita?"

Chika abaixou a cabeça, envergonhado. Ele supôs que uma das mulheres estivesse cuidando daquela parte; nem perguntara à esposa a respeito. Naqueles dias, tinha dificuldade de olhar para ela, ver a dor que ele sentia ampliada em seus olhos.

Ekene abrandou o tom de voz. "A Mary é sua irmã", disse. "A Kavita está de luto, e você, por algum motivo, decidiu pintar a casa inteira. Claro que é ela quem está cuidando disso."

"Eu nem sabia que elas tinham voltado a se falar."

Ekene deu uma risada curta. "Não voltaram, de fato." Ele deu de ombros. "Sabe como são as mulheres."

"Por favor, me diga que a igreja dela não está envolvida nos preparativos."

"Ah, não. Ela tentou, mas eu cortei. A Kavita a mataria na hora se ela trouxesse alguém de lá. Estamos atrás de um padre católico para vir até aqui."

"Lamento não ter me envolvido mais nesses planos", Chika disse. "Tudo ao meu redor parece tão estranho."

"Concentre-se na casa." Ekene se sentia grato que o irmão estivesse animado com a pintura, mesmo entrando naquela onda de insônia. Ainda se lembrava do que havia acontecido depois que a mãe deles morreu. "A gente cuida do resto."

Um dia antes do enterro, a pintura ficou pronta. Ekene enviou um grupo de meninos ao embalsamador. Eles voltaram com o corpo de Vivek no caixão, equilibrando-o nos fundos de um ônibus sem assentos, segurando-o firme enquanto passavam por solavancos e buracos. Quando chegaram, levaram-no para a sala do andar de baixo e o colocaram sobre uma mesa no centro. Kavita os observou da escada. Estava descendo quando eles entraram pela porta, gritando um com o outro para segurar firme o caixão. Ao vê-lo, ela afundou lentamente, as mãos agarradas na balaustrada, os olhos sem nem mais ver. Ouviu o baque suave quando o depuseram na mesa, a voz de Ekene, o barulho dos chinelos dos meninos no azulejo quando saíram, alguns lançando olhares curiosos para ela.

Depois de fechar a porta, Ekene aproximou-se e agachou um degrau abaixo dela. "Kavita? Você quer vê-lo?"

Ela ergueu os olhos e ele estendeu a mão. Com o coração tremendo, ela aceitou e deixou que ele a levantasse e a conduzisse até a sala. O caixão ainda estava fechado. Ekene soltou sua mão e foi levantar a tampa, depois parou na cabeceira, esperando que ela avançasse. O cabelo de Kavita formava uma única trança longa nas costas, e por um momento ela imaginou que ele subia pelo ar e a puxava em direção à porta — porque, se não olhasse para dentro do caixão, talvez pudesse fingir que nada daquilo era real, que Vivek estava em algum outro lugar e que eles tinham entendido tudo muito errado. Mas, em vez disso, ela avançou e apertou a madeira polida da borda do caixão. Vivek estava deitado lá dentro, as mãos ao longo do corpo, olhos e boca fechados, o cabelo espalhado sobre um travesseiro de cetim, exatamente como ela pedira. Notou que parecia seco, o cabelo, e correu a mão por ele, pensando se deveria aplicar um pouco de óleo de coco, como sempre fazia.

As pessoas sempre dizem que os mortos parecem estar dormindo, e talvez ela acreditasse nisso em circunstâncias diferentes. Ahunna parecia adormecida, mas, afinal, ela morrera dormindo, então o sono e a morte haviam se confundido para ela, e quando a enterraram, no dia seguinte, ela levou a paz consigo para debaixo da terra. Mas Kavita já tinha visto outro Vivek morto: aquele na varanda, o sangue coagulado, o pé flácido — eles não tinham como enganá-la com aquela versão limpinha, não podiam inventar uma paz que nunca houve. Não que não tivessem tentado, vestindo-o com seu traje tradicional branco favorito, os pés descalços como quando derrubou o vaso de flores ao lado da porta da frente. Kavita explodiu em lágrimas, seu corpo vergando, e Ekene correu para segurá-la antes que caísse no chão. Colocou um braço ao redor dela e guiou seu corpo de volta para o quarto, sussurrando bobagens que até ele sabia que não faziam a menor diferença.

Ela desceu mais tarde, desta vez com Chika, e eles ficaram ao lado do caixão por muito tempo.

"Onde está o colar dele?", Chika finalmente perguntou.

"Não sei. Não estava com ele quando o encontrei."

"Ele usava aquilo o tempo todo. Tem certeza que não ficou no embalsamador? Ou que não roubaram?"

O rosto de Kavita estava duro, martelado com força pela dor. "Tenho certeza, Chika. Não estava no corpo dele." Ela percebeu que ele queria discutir, mas sabia que não tinha como. Ela se recusara a largar o corpo depois de encontrá-lo; passara as mãos pelo rosto de Vivek e gritara com a bochecha colada em seu peito. Além disso, haviam despido o corpo. Se o colar estivesse com ele, Kavita teria visto.

"Tinha que ser enterrado com ele. Fica estranho ele estar sem o colar."

Kavita concordou e deu um tapinha no braço de Chika. Ele precisava de alguma coisa para se fixar, agora que a pintura estava pronta, agora que sua dor o perseguia de quarto em quarto, implorando para passar um tempo a sós com ele. Todos sabiam o que aconteceria quando essa hora chegasse: ela o golpearia atrás dos joelhos e o derrubaria, e ele cairia de volta no mesmo lugar escuro para onde tinha ido quando Ahunna morreu.

"A gente vai encontrar", Kavita disse, amparando a obsessão com as duas mãos. "Tem que estar em algum lugar. Ele pode ter tirado."

"Ele nunca tirava."

"Ele pode ter tirado pra limpar."

"Sim", Chika concordou. "Pra limpar."

Os dois ficaram lá parados — a sala vazia ao seu redor, antes que chegassem as pessoas chorando e os enlutados; só os dois, com seu filho.

Ekene os observava da porta, tomando cuidado para não se intrometer, sem querer romper o véu de dor que se tecera em torno da cena. Por fim, deixou-os lá e voltou para sua casa, onde Mary estava.

"Você não vai para o velório?", perguntou a ela.

"Vou mais tarde", ela respondeu. "Me diga, eles vão ficar lá a noite inteira?"

"Os parentes, talvez. Duvido que a Kavita fique o tempo todo. É doloroso demais pra ela."

Mary assentiu. "E ela não vai querer ficar com aquela gente toda. Ela e o Chika são mais reservados."

Ekene concordou, e já era quase meia-noite quando Mary saiu para ir ao velório. Ela e as outras parentes mulheres, primas de primas e tudo mais, cobriram a cabeça e cantaram canções do evangelho até o amanhecer. Kavita e Chika ficaram no andar de cima, entrando e saindo da vigília, chorando a sós. Uma das mulheres levou comida para os dois, mas o prato ficou intocado na bandeja no quarto deles, a gordura esfriando e formando uma película de abandono.

As Nigesposas chegaram todas juntas, pela manhã, e se amontoaram ao redor de Kavita como pássaros protetores, estendendo e entrelaçando as asas. Chika e Ekene as observaram, balançando a cabeça.

"Talvez ela se sinta melhor com elas aqui", Ekene disse. Chika resmungou em resposta, e o irmão apertou seu ombro.

Mary estava lá embaixo coordenando as mulheres que cozinhavam nos fundos da casa. As filhas das Nigesposas — as que tinham vindo, as meninas que eram amigas de Vivek — vagavam pelo andar de baixo. Foi só quando Osita chegou que elas o seguiram até a sala para ver o corpo de Vivek.

Osita ficou ao lado do caixão do primo e olhou para baixo, a lamentação ao seu redor parecendo estática no ar. Sentiu Juju deslizar a mão na sua, pressionando o ombro contra ele.

"Não consigo acreditar", ela sussurrou. "Será que a gente tem que dizer alguma coisa?"

Os olhos de Osita não se moveram do rosto de Vivek. "Não adianta", disse. "Ele não está mais aí dentro."

"Osita! Não fala isso!"

"É verdade. Falar pra quê?" Sua voz estava embargada de lágrimas represadas, mas por mais irado que estivesse, ele não saiu do lado do caixão. Juju apertou sua mão e disse coisas ao corpo do amigo em silêncio. Ao seu lado, Olunne rezava baixinho; Somto ficou lá com eles, apertando a barriga com o braço, uma mão na boca, os olhos molhados.

Nos fundos, Kavita ficou na varanda e viu um grupo de homens arrastar um bode preso a um pedaço de corda puída. Tinha pedido para ser chamada quando chegasse a hora de matar o animal, e agora via as pernas dele sendo amarradas e um buraco pequeno cavado no chão. Eles o deitaram de lado e seus balidos ecoaram pelo quintal. Trouxeram uma faca de cabo de madeira velha e lâmina afiada, ainda que lascada. Puxaram a cabeça do bode para trás até curvar seu pescoço, e então passaram a faca, de um jeito quase casual, pela jugular. O sangue jorrou, vermelho e espesso, e derramou-se no pequeno buraco na terra. Kavita observou silenciosamente enquanto os sons do bode enfraqueciam, até cair em um silêncio cinzento. Pensou no sangue em suas mãos quando encontrou o corpo de Vivek, e uma onda de repulsa a fez correr para dentro da casa e vomitar no banheiro mais próximo. Ouviu de longe as gargalhadas dos homens lá fora, e soube que riam dela. Talvez não soubessem que ela era a mãe do menino morto, mas isso não importava; ninguém sabia o que era, o que tinha sido encontrá-lo.

Ainda tinha pesadelos com aquilo, no entanto: sonhos em que saía correndo da casa e não encontrava nada na varanda, exceto uma poça de sangue que crescia, mas tão calma que refletia sua imagem. Ou em que ele abria os olhos e ria quando ela puxava o pano, em que era tudo um truque, uma piada. Em que ela levantava a cabeça dele e ele virava pó em suas mãos, e ela ficava só com aquele pano akwete. Encostada na porcelana do vaso sanitário, ela se perguntou o que teria acontecido se ninguém tivesse trazido Vivek de volta para casa, se tivessem deixado ele lá onde tinha morrido. Ele teria apodrecido lá? Alguém teria removido o corpo? Pensou na dívida que tinha com quem o trouxera de volta. O que a matava era não saber quem tinha sido, o que havia acontecido.

Lá fora, ouviu o crepitar do fogo começando. A carne de bode estaria pronta quando o enterro terminasse, à tarde. Fariam sopa de pimentão com as entranhas. Kavita deu descarga e fechou a tampa, seu horror sendo lavado em um redemoinho de água azul.

Quando o padre chegou, os meninos que trouxeram o caixão o fecharam e o carregaram pelo terreno até o lugar onde uma cova havia sido aberta, ao lado do túmulo de Ahunna. Eles o colocaram sobre dois pedaços de corda, depois recuaram, e o padre deu início a uma cerimônia curta. Ficaram todos sentados em cadeiras de plástico alugadas, ou de pé atrás delas. Kavita escutou o padre ler as escrituras, deixou o canto das palavras se infiltrar nela; assistiu, entorpecida, enquanto ele consagrava a sepultura. Estavam se preparando para levar seu filho embora, para colocá-lo debaixo daquele chão todo. A cova era um bocejo vermelho no chão; a pilha de terra ao lado era da cor da pele de Chika. Se Chika tirasse a roupa e se deitasse na cova, e se ela olhasse para baixo, o que veria? Será que ele afundaria na terra como se tivesse sido feito de barro desde sempre, moldado com um pouco de água, animado por ela para que tivessem um filho que depois precisariam enterrar?

Ela olhou para as mãos, para o programa funerário que alguém havia planejado e mandado imprimir. Provavelmente Ekene e Mary. Quase desejou poder perdoá-los pelo incidente da igreja. O impresso estava cheio de fotos de Vivek quando menino, bebê; nenhuma que o mostrasse como era agora. Quem selecionou as fotos parecia ter decidido encerrar a linha do tempo de Vivek antes que ele deixasse o cabelo crescer. Kavita não sabia se sentia alívio por vê-lo congelado no tempo daquela maneira ou irritação por terem tentado fingir que ele era outra pessoa. Ela já tinha ouvido comentários, coisas sussurradas que flutuavam escada acima porque ninguém sabia sussurrar de fato: pessoas perguntando por que não tinham cortado o cabelo dele, por que os pais deixariam que fosse enterrado daquele jeito. Culpavam Kavita, diziam que era por sua causa que Chika permitia esse tipo de coisa. Quis ter raiva, mas só conseguiu ficar meio admirada que conseguissem falar daquele jeito com o corpo ainda sob o mesmo teto.

Os meninos avançaram novamente, quatro deles, e agarraram as cordas esticadas sob o caixão. Esforçando-se tanto que seus músculos reluziram, começaram a baixar o caixão na cova. Kavita ouviu Chika fazer um som engasgado e procurou a mão dele, tensa e suada. As cordas sacudiram e deslizaram enquanto o caixão era engolido, a terra vermelha escondendo sua cor escura. Quando chegou ao fundo, eles puxaram as cordas sob ele e as levaram, enroladas. Chika e Kavita se levantaram para jogar torrões de terra na cova, sussurrando suas despedidas em meio às lágrimas. Mary e Ekene os seguiram, depois as amigas de Osita e Vivek. Quando todos já tinham se despedido, os meninos começaram a jogar pás de terra na cova, preenchendo-a. Kavita voltou para casa e subiu as escadas. Chika ficou no andar de baixo, falando com os visitantes, que apertaram sua comiseração nas mãos dele até seus dedos ficarem dormentes.

Osita deixou os outros na sala do segundo andar e foi perambular pelo andar de baixo. Captando o som da voz de sua mãe, seguiu-o até o quintal, onde estavam embrulhando montinhos de akpu em filme plástico e empilhando-os em caixas térmicas. Panelas pretas redondas repousavam sobre armações de metal atarracadas, com lenha enfiada por baixo, um ninho de brasas vermelhas e cinzentas. O ar estava quente e perfumado, e as mulheres enxugavam o rosto com lenços.

    Mary ergueu os olhos quando o filho veio em sua direção. "Tudo bem com você?", perguntou. Ela usava uma blusa verde com um lenço dourado amarrado por cima.

    Osita não sabia o que dizer e nem por que havia descido. Ele se inclinou e a abraçou em vez de falar. Houve um minuto de surpresa antes que ela o abraçasse de volta. "Ah, meu filho", disse. "Vai ficar tudo bem. Ouviu? Não se preocupe. Deus está cuidando disso." Ela deu um tapinha nas costas dele. "Está bem. Volte lá pra dentro e vá ver como está o seu tio."

    Osita assentiu e Mary o observou partir, sentindo uma gratidão imensa por ele estar vivo e andando. Olhou para o túmulo de Vivek, a terra fresca e solta, e fez uma oração rápida antes de voltar ao trabalho.

Vinte e dois

Osita não queria ir com as meninas à casa da tia para mostrar as fotos. Disse isso a Juju quando ela ligou para informar que elas iriam naquele domingo, depois da igreja.

"Osita disse que não vem", ela contou às outras garotas, reunidas no quarto de Somto.

Elizabeth deu de ombros. Estava bem feliz por não ter que ver Osita.

"Espera aí, repete", Somto pediu. "Ele disse o quê?"

"Que não vem, que a gente pode se virar sozinhas. Assim, de mulher pra mulher."

"De mulher pra mulher o quê? Abeg, liga pro número dele aí pra mim. Que absurdo." Assim que ele atendeu o telefone, Somto começou a gritar. "Você está doido? Não é com a sua tia que a gente vai falar? E não foi você que disse: ah, a gente tem que mostrar essas fotos pra ela de qualquer jeito? Meu amigo, é melhor você vir pra cá rapidinho, senão vou cancelar essa história toda. Seu traíra inútil."

Osita segurou o telefone longe da orelha. "Ei, Somto, calma! Você quer que eu vá até aí só pra passar tipo meia hora sentado lá?"

"Você não veio pra cá no outro dia, pra gente se encontrar? Osita, não estou brincando. O Vivek era seu primo. Titia Kavita é sua tia. Não pense que você vai se safar dessa."

Olunne se inclinou na direção do telefone e entrou na conversa: "Além do mais, você aparece nas fotos, e então ela vai saber que você estava envolvido. É melhor você estar lá pra se explicar em vez de tentar fugir do assunto".

"A gente não vai mostrar essas aí", Osita disse. "A Juju concordou."

"Eu não estou nem aí, sério. Se você não vier, sua tia vai ver essas fotos."

Osita suspirou diante da chantagem dela. "Oya, está bem. Estarei lá."

"Domingo, às três da tarde. Se você não aparecer, faço todo mundo dar meia-volta." Somto desligou sem esperar pela resposta de Osita.

Juju ergueu as sobrancelhas. "Com essa menina não se brinca."

"Não tenho o tempo que esse garoto tem. Vamos acabar logo com isso."

Elizabeth estava lanchando ruidosamente um pacote de amendoins Burger. "Vocês acham que a gente deve contar aos nossos pais antes de contar pra titia Kavita? Já que estamos envolvidas?"

Olunne olhou para ela. "Você está doida? Ele era filho dela. Como a gente pode sair por aí expondo ele pra outras pessoas antes de contar tudo pra mãe dele? Já pensou na humilhação que ela sentiria?"

"Não liga pra Elizabeth", disse Somto. "Ela só está preocupada com o que os pais dela vão fazer quando descobrirem que ela estava envolvida nisso pela titia Kavita, e não por ela." Elizabeth respondeu com uma careta.

"Mas quer saber?", Juju sugeriu. "Talvez ela nem conte nada. Ela pode querer guardar segredo."

"Ou pode chamar todo mundo e gritar com eles", Elizabeth rebateu.

"Vamos dizer pra ela que nenhum dos nossos pais sabia", Olunne sugeriu.

A irmã olhou para ela. "Por que está falando assim? Eles *não* sabiam. Não é que a gente estaria mentindo."

"Ela pode achar que eles sabiam — tipo, como ele ia passar despercebido bem debaixo do nariz deles, essas coisas."

"Pensa bem. Estamos em Naija. Quantos pais deixariam de relatar um negócio desses pra ela imediatamente se ficassem sabendo?"

As outras concordaram com a cabeça. O que Somto dissera fazia sentido. Foi por isso que elas esconderam dos pais, para proteger Vivek das pessoas que não o compreendiam. Nem elas mesmas entendiam totalmente, mas o amavam, e isso bastava.

Osita encontrou com elas do lado de fora do portão da casa de Chika e Kavita, onde se encostara na cerca com as mãos enfiadas nos bolsos.

"Ótimo", Somto disse. "Você veio."

Ele se desencostou da cerca. "Antes, nko? Você está com as fotos?"

Juju ergueu o envelope em resposta.

"O.k., vamos lá."

"Espera", Olunne disse. "Seu tio está em casa? Achei que a gente ia contar só pra titia Kavita primeiro."

"Ele vai ao clube todo domingo à tarde", Osita informou. "Voltou a fazer isso. Antes ele andava se recusando a sair de casa, sabe?"

"É bom que ele esteja por lá", disse Juju. "Meu pai disse que eles iam se encontrar pra tomar alguma coisa."

Olunne assentiu, aliviada. Uma coisa era mostrar as fotos para titia Kavita, mesmo com o comportamento instável dela; mas mostrá-las ao tio Chika era outra, completamente diferente. Quem sabe como um homem igbo reagiria ao ver seu primeiro e único filho em uma foto daquelas? Era melhor falar só com a mãe. Seria mais seguro.

Kavita fez todos se sentarem na sala de visitas e não lhes ofereceu nada, porque eram crianças e tinham ido falar de Vivek e havia muito que ela desistira de se importar com delicadezas. Alguma coisa nela sabia que o que tinham vindo contar, fosse o que fosse, seria a culminação das semanas que passara atrás deles, procurando respostas. Isso semeou um pouco de raiva dentro dela. Quando disse a Chika que elas estavam mentindo, quando disse a seus pais que as filhas estavam mentindo, ninguém havia acreditado nela. No entanto, ali estavam todos, até seu próprio sobrinho, enfileirados em seu sofá com cara de culpa, guardando segredos atrás dos lábios. Teve vontade de esbofeteá-los.

As meninas se entreolharam, sem saber quem deveria falar primeiro. Osita se sentara longe delas, em uma poltrona, os braços cruzados sobre a barriga, olhando para o tapete. Juju sentiu que a tarefa cabia a ela; Elizabeth e Somto seriam muito diretas, e Olunne seria gentil demais. Além disso, era Juju quem estava com as fotos. O envelope esquentava em sua mão, lhe arrastando o braço para baixo com seu peso. Ela descansou o pacote no colo e se virou para Kavita.

"A gente tem uma coisa pra te mostrar", disse. "Mas primeiro quero explicar por que não te falamos disso antes."

"Bom, o Vivek pediu pra gente não falar", Somto disse, baixinho. Todo mundo olhou feio para ela, e ela ergueu as mãos em um gesto de desculpas, e ficou quieta.

"A gente estava tentando protegê-lo", Juju continuou, "e também proteger você e o tio Chika."

Kavita estava sentada com as costas retas, empoleirada na beira da almofada do sofá. Seus olhos caíram no envelope que Juju segurava, e ela levou a mão ao peito como se pudesse acalmar o coração. "O que tem aí dentro?", perguntou.

Juju olhou para o envelope. Não havia muito sentido em usar palavras; as fotografias falariam melhor do que ela. Estendeu o envelope, a mão tremendo um pouco. Kavita o viu pairar no espaço entre as duas, então estendeu a mão e o pegou. Não abriu de imediato. Como poderia? Você pode perseguir a verdade, mas quem consegue evitar aquele momento de hesitação, em que se pergunta se realmente quer aquilo que vem pedindo? Kavita sabia que o conteúdo do envelope tinha poder, o bastante para quebrá-la em pedaços, o bastante para eles terem se mantido unidos contra ela por tanto tempo, mesmo diante do filho morto, mesmo sabendo da sua dor.

Levantou a aba e puxou as fotografias. A primeira era uma foto de Vivek vestindo um traje tradicional azul-claro, um cafetã que o engolia. Usava delineador preto nos olhos. Isso não foi grande surpresa para Kavita; já tinha visto o filho daquele jeito e supôs que estivesse imitando os nortistas. Chika não tinha gostado e deixara isso claro, fazendo comentários sarcásticos na mesa do café, mas Vivek os ignorara. Chika teria dito mais, e feito mais, se não tivesse um pouco de medo do filho e de sua estranheza. Kavita o repreendera mais tarde, depois que o filho saiu, dizendo que não havia nada de errado em usar um pouco de delineador. "Começa com delineador", Chika disse. "Onde vai parar? Pensei que você se preocupasse com a segurança dele, e você o deixa andar por aí desse jeito? E se alguém jogar um pneu nele?" Ela menosprezara suas preocupações e Chika saíra, fervendo de impotência.

Kavita deslizou a primeira foto para o lado para ver a próxima. Juju cobriu o rosto com as mãos, apoiando os cotovelos nos joelhos. Não queria ver o que ia acontecer. Osita olhou para a janela, para o sol que entrava pela renda das cortinas. Somto e Olunne observaram Kavita, o nervosismo parecendo um véu sobre seus rostos, e Elizabeth se cutucava debaixo das unhas, tentando parecer indiferente.

Quando Kavita arfou, foi como um golpe suave reverberando pela sala inteira. Ela largou as outras fotos no colo e agarrou a segunda com as duas mãos, sem tirar os olhos dela. Juju havia organizado a pilha, então sabia qual foto Kavita tinha na mão. Era de Vivek na primeira vez em que usara um vestido. Juju a colocara logo no começo porque ele parecia tão feliz, e ela achou que ver aquilo tornaria a coisa mais fácil para Kavita, que poderia amolecer seu coração, porque ele estava tão alegre. Ela tinha desencavado o vestido de uma das velhas malas onde Maja guardava todas as roupas que não cabiam mais nela, junto com lembranças velhas de seus vinte anos e fotos de antigos namorados. O vestido era apertado na cintura e tinha saia rodada, listras brancas e azul-marinho do pescoço até a bainha, mangas curtas e engomadas, pregas no peito.

Vivek não tinha nada para preencher aquelas pregas, mas não se importou. Estava rodopiando na fotografia, então a saia do vestido era só um borrão, como um borrifo de água, e o cabelo sumia no ar. Mas Juju conseguira deixar seu rosto em foco, e a boca estava bem aberta, rindo inteira, os olhos apertados. Ela tinha passado batom nele, vermelho forte emoldurando seus dentes, e ele usara o delineador, escuro na pálpebra inferior e uma linha mais grossa na superior, então os olhos pareciam perdidos entre bordas pretas.

As mãos de Kavita começaram a tremer enquanto ela olhava para a foto. "O que é isso?", sussurrou, os olhos dardejando na direção do rosto de Juju e depois dos outros. Todos olhavam para baixo ou para longe, para qualquer lugar, menos para ela. Só Juju encontrou os olhos dela, que estavam embaçados pelas lágrimas. "O que é isso?", Kavita repetiu, a voz entrecortada. "Por que ele está vestido assim?"

Juju estava tomada pela ansiedade, mas não conseguia desviar seu olhar da mãe de Vivek, nem mesmo o suficiente para buscar coragem nos outros que estavam na sala. "Ele gostava de se vestir assim", arriscou timidamente. "Ele não queria que você soubesse, não queria que você e o tio Chika se preocupassem com ele."

"Ele gostava de usar vestido?" Kavita largou a fotografia e pegou as outras, o choque crescendo em seu rosto ao passar por cada uma: Vivek com vestidos de todos os tipos, sem mangas, curtos e justos, estampados, os lábios pintados de vermelho ou rosa ou gloss brilhante, os olhos sempre delineados, às vezes um jorro brilhante de sombra.

"Meu Deus", ela disse. "Ele andava se vestindo de mulher?"

"Ele dizia que estava se vestindo como ele mesmo", Somto interrompeu, o rosto resoluto. "Aquilo o alegrava, titia Kavita."

Kavita ergueu os olhos lentamente para encará-los. "E vocês todos sabiam disso?" Eles baixaram os olhos. "Até você, Osita?" Sua voz estava enfraquecida pela traição quando se dirigiu a ele, mas Osita olhou para ela diretamente e sem medo.

"Ele queria que isso fosse mantido em sigilo, e foi o que a gente fez, tia."

"Ele estava doente! E vocês todos sabiam que isso estava acontecendo e nenhum de vocês pensou em contar pra mim ou pro pai dele? A gente podia ter ajudado o Vivek!"

"Ele não precisava de ajuda", Elizabeth murmurou. Olunne lhe chutou o tornozelo.

"Como é que é?", Kavita disse.

"Eu disse que ele não precisava de ajuda." O olhar de Elizabeth era firme e teimoso. "Isso fazia ele feliz, titia! Seria pior se ele não pudesse fazer isso. Era o único motivo que ele tinha pra estar bem. Então, não, a gente não contou pra ninguém. Ele era nosso amigo."

Kavita balançou a cabeça, sem acreditar. "Não, eu me recuso. Devem ter sido vocês, meninas! Vocês que vestiram ele desse jeito — vocês se aproveitaram dele! Vocês sabiam que ele estava doente!"

Elizabeth e Somto pareciam prestes a explodir, mas Juju interveio, gentil. "Não é isso, titia. O Vivek dizia que isso era só uma parte de quem ele era, que ele tinha isso dentro dele e que queria a oportunidade de se expressar, então foi o que a gente deu pra ele, essa oportunidade. Eu sei que assusta ver ele assim de um jeito tão diferente. Também fiquei preocupada quando ele me contou, quando começou a se vestir assim. Mas ele estava tão feliz, e isso fazia toda a diferença." Ela sorriu de leve ao se lembrar. "Eu queria que você tivesse tido a chance de vê-lo vestido assim. Ele estava mais feliz do que jamais esteve desde que o tio Chika o trouxe de volta da universidade. Às vezes ele nos pedia pra chamá-lo de outro nome; disse que a gente podia se referir a ele como ela ou ele, que era os dois. Eu sei que parece..."

"*Bas!*" Kavita levantou a mão, pedindo silêncio. "Já chega. Vocês não vão ficar sentados aí me dizendo que meu filho queria ser chamado de ela. Isso... não é normal."

"Mas é verdade", Elizabeth disse. "É quem ele era."

"Meu filho não era esse!", Kavita gritou, jogando as fotos no chão. "Eu não sei o que vocês fizeram com ele, mas meu filho não era esse! Esse não era o meu Vivek!"

Osita sentiu o peito doer, mas não sabia o que dizer. Temia que qualquer palavra que saísse de sua boca viria respingando culpa, e estava cheio de um alívio nauseante por Juju ter concordado em tirar suas fotos com Vivek do envelope. Olunne olhava para Kavita com pena. Sua irmã, no entanto, estava furiosa.

"Ele não era seu", Somto rugiu, e todo mundo olhou para ela, horrorizado. "Você fala como se ele pertencesse a você, só porque era mãe dele, mas ele não era seu. Ele não era de ninguém, só dele mesmo. E esse jeito como você se comporta — é por isso que a gente não podia te contar. É por isso que ele viveu os últimos meses da vida dele em segredo. É por isso que ele não confiava em você. Você pensa que ele era seu, mas na verdade não sabia nada do que estava acontecendo na vida dele."

Ela chupou os dentes e Kavita parou de chorar, sobretudo de choque diante da falta de educação de Somto. Olunne beliscou o braço da irmã para fazê-la calar a boca.

"É comigo que você está falando desse jeito?", Kavita perguntou, incrédula.

"A gente só estava tentando protegê-lo", disse Elizabeth. "Não queríamos que acontecesse nada com ele. A gente cuidava dele."

Kavita virou-se para ela. "Ah é? E onde você estava no dia em que ele morreu, então? Onde estavam vocês todos? Alguém pode finalmente me responder?"

Um silêncio seguiu-se a suas palavras, pesado e espesso. Então Juju falou, relutante, a voz baixa. "Ele estava na minha casa. Ele tinha começado a sair de vestido e eu tentei impedi-lo. Disse que era perigoso, mas ele falou que ia só descer a rua, que não ia demorar. Normalmente ele voltava rápido, mas naquele dia..." Nessa hora, a voz de Juju falhou. "Ele não voltava nunca. E teve aquele tumulto no mercado..."

"Que pegou fogo", Kavita completou, nenhuma emoção na voz. O pano akwete sobre o corpo de Vivek cheirava a fumaça.

Juju assentiu entre lágrimas. "Acho que ele foi longe demais e alguém o atacou", disse.

A garganta de Kavita ficou apertada. Ela imaginou a cena: Vivek encurralado pela multidão, alguém olhando atentamente e depois gritando: "É homem!", corpos se amontoando ao seu redor, apertando-o como um laço, mãos arrancando suas roupas, alguém jogando uma pedra que lhe abriu a parte traseira da cabeça. Seu menino caindo no chão. Um soluço a atravessou e ela se dobrou ao meio para abafá-lo.

"Titia Kavita! Você está bem?" Juju estendeu a mão para tocar seu braço.

Kavita se recompôs, deixou a dor de lado e se endireitou. "Então você acha que foi assim que ele morreu?" Ela dirigiu a pergunta a todos. "Ele saiu assim", ela gesticulou para as fotos espalhadas no chão, "e a multidão o atacou?"

Todos assentiram. "É o cenário mais provável", Olunne disse.

"E como ele voltou pra cá?", Kavita perguntou. "Quem o trouxe de volta?"

"Talvez tenha sido só um bom samaritano", Juju sugeriu. "Alguém que o reconheceu mas ficou amedrontado demais para impedir o ataque, e aí o mínimo que podia fazer era trazer o Vivek pra casa."

Kavita cobriu a boca com a mão. Queria se controlar pelo menos até que as crianças fossem embora. "Entendi", conseguiu dizer. Não é que ela achasse que a morte do filho não tinha sido violenta. Havia muitas coisas suspeitas na forma como o encontrara: o ferimento, as roupas desaparecidas. No entanto, ouvir aquilo tudo, saber como ele estava vestido ao sair, que podia ter sido linchado — isso a dilacerou por dentro.

"Eu devia ter cortado o cabelo dele", disse para si mesma, embora não soubesse que diferença teria feito. Ainda assim ele teria usado os vestidos? O delineador? A vida teria sido mais perigosa se ele não tivesse aquele cabelo todo para convencer as pessoas de que era mulher? Pinçou a ponte do nariz com os dedos e respirou fundo.

"Sentimos muito, titia Kavita", Olunne disse. "A gente só queria que você soubesse a verdade."

A verdade, Kavita pensou. Era de pensar que traria algum alívio depois do tempo todo que passara implorando respostas, mas, em lugar disso, sentia algo vazio e irreversível. Estava acabado. Agora ela sabia o que tinha acontecido, agora o mistério estava resolvido, agora eles lhe traziam uma versão desconhecida de seu filho, com a qual ela teria de lidar, e era tarde demais para fazer qualquer pergunta, conversar com ele para descobrir o que estava acontecendo, entender a pessoa que ele estava sendo às escondidas dela. Estava tudo acabado.

Como se pudesse ler os pensamentos de Kavita, Juju se inclinou para a frente. "Se você tiver alguma dúvida sobre isso, titia, pode nos perguntar. Não vamos esconder mais nada de você, prometemos." Ela se virou para encarar os outros. "Certo?"

Todos assentiram rapidamente, balançando a cabeça.

"Vamos falar só a verdade", Elizabeth afirmou. Somto e Osita ficaram em silêncio, mesmo concordando com a cabeça. Somto estava tentando reprimir a raiva; Osita se envergonhava, porque o segredo pesava sobre ele. Kavita era sua tia de verdade; se alguém devia ter contado a ela, era ele. Mas ele pregara a língua no fundo da boca e deixara Juju conduzir o encontro. Sua vergonha, porém, não vencia seu medo; seus segredos mantinham sua garganta fechada com cadeado.

"Acho que vocês deviam ir embora, todos", Kavita disse, a voz cansada. As meninas se levantaram em um salto, sussurrando desculpas. Olunne se curvou e pegou as fotos, depois as colocou em uma mesinha lateral sem dizer nada. Correu os dedos por elas suavemente ao se virar para ir embora. Kavita os acompanhou até a porta, mas ao fechá-la, algo lhe ocorreu.

"Juju", disse. "Que nome ele estava usando? Você disse que às vezes ele queria ser chamado de outra coisa."

Juju hesitou. "Nnemdi", respondeu. "O outro nome era Nnemdi."

Kavita assentiu e trancou a porta, o nome pesando em sua cabeça. Por que soava tão familiar? Agarrou-se a ele, passou dias preocupada em se lembrar, a ponto de ele substituir a imagem de Vivek ensanguentado que rodava em sua mente.

Quando finalmente entendeu o nome, ficou assustada. Pegou o telefone e discou o número com mãos trêmulas.

"Alô?", disse um homem do outro lado.

"Ekene? É a Kavita."

O cunhado arfou. "Kavita! Ah, meu Deus! Que bom que você ligou. Como vai? Como está o Chika?"

"Você se lembra de quando o Vivek nasceu?", perguntou, como se ele não tivesse dito nada.

Ekene hesitou por um momento. "Sim, claro."

"E você disse que devíamos dar a ele um nome igbo, pelo menos como nome do meio?"

"Eu me lembro. Kavita, o que..."

"Qual foi o nome que você sugeriu que a gente desse?"

"Por que você..."

"Só me diz o nome, Ekene. Por favor."

Ele suspirou do outro lado da linha. "Nnemdi. Não é um nome comum, mas era para a mamãe. Porque eles tinham a mesma cicatriz no pé." Ela podia enxergá-lo encolhendo os ombros. "Se nosso pai é que tivesse a cicatriz, ele se chamaria Nnamdi, sabe? Mas o Chika não concordou. Se o Vivek fosse menina, talvez tivesse concordado. Não sei. Ele estava muito confuso com aquilo tudo, então deixei pra lá. Por que essas perguntas?"

"Você contou isso pro Vivek?"

"Não. Eu só falei disso uma vez, com o Chika, antes da cerimônia do batizado. E foi isso. O que está acontecendo, Kavita?"

Kavita sentiu como se o ar tivesse sido arrancado de seus pulmões. "Obrigada", respondeu. "Eu te ligo de novo mais tarde." Desligou o telefone em meio aos protestos do cunhado e desabou no chão. Como ele tinha...? *Se ele fosse uma menina...* O que aquilo significava agora? E ele acabou sendo menina mesmo assim, com o nome que lhe negaram — acabou espancado até a morte e jogado na frente da porta de sua casa, e ela, sua própria mãe, não sabia de nada porque ele não confiava nela. Kavita ficou sentada no chão, caindo em crises de choro intermitentes, até que Chika chegou em casa e a encontrou.

Kavita não conseguia nem falar. Só apontou para as fotos na mesinha lateral e viu o marido caminhar até elas. Seu corpo continuava magro depois de todos aqueles anos, os braços pendendo facilmente dos ombros, a nuca parecendo barro desmanchado. Ela o viu pegar a pilha e olhar cada imagem, viu suas sobrancelhas se contraírem em uma tempestade e sua boca se abrir em gritos de raiva que sacudiram o vidro dos porta-retratos na parede. Então explicou a ele o que Juju e os outros haviam lhe contado, falou que Osita sabia, e Chika se enfureceu ainda mais, arremessou as fotos para longe, Vivek esvoaçando pela sala toda, caindo no tapete, no sofá e nas mesinhas laterais, seu rosto congelado.

Kavita olhou fixamente para o marido, como se ele representasse a confusão dela nas linhas do corpo. Contou a ele a teoria dos meninos — de que o filho deles morrera no tumulto, que havia sido espancado e despido — e foi só então que o calor finalmente se esvaiu do corpo de Chika e ele desmoronou ao lado da esposa, o rosto feito de cinzas. Kavita sabia das imagens que passavam em sua cabeça, sabia que a raiva do segredo de Vivek tinha sido apagada pela constatação de que outra pessoa o matara por causa disso. Por fim, Chika deixou a cabeça cair no ombro de Kavita e chorou. Ela colocou a mão em sua bochecha, para sentir a umidade, e murmurou palavras que não conseguia recordar mais tarde.

Naquela noite, na cama, Kavita olhou para Chika do lugar onde sua cabeça se apoiava no peito dele. "Ele estava usando o nome Nnemdi", disse.

O corpo do marido enrijeceu.

"Como ele sabia?", Kavita perguntou.

"Como ele sabia o quê?", Chika retrucou.

"Que esse quase foi o nome dele. O Ekene me disse que nunca contou pra ele."

"Quando você conversou com o Ekene sobre isso?"

"Antes de você chegar em casa. Liguei pra ele. Queria saber como o Vivek conhecia esse nome."

"Você contou pro Ekene?" Chika quis se sentar, a raiva se agitando novamente dentro dele, mas Kavita o segurou.

"Não seja bobo", continuou. "Eu não disse nada. Só perguntei se ele tinha falado desse nome com o Vivek e ele disse que não. Disse que o nome seria uma homenagem à mamãe, por causa da cicatriz do Vivek. Eu sempre me perguntei sobre isso."

"Ekene estava sendo supersticioso. Ele devia ter mais juízo e não ficar repetindo esses absurdos pra você. Esquece isso."

"Mas como o Vivek sabia?"

"Já falei pra você esquecer isso, Kavita!" Chika a afastou do peito e se virou de lado, para longe dela.

Ela esperou um pouco e então passou um braço ao redor dele. "Quero visitar o túmulo dele amanhã." Ela sentiu os músculos do marido relaxando e ele assentiu brevemente.

"Dorme, nwunye m", disse. "Já chega dessa história do nome."

No dia seguinte, eles foram até a casa da aldeia e pararam ao pé do túmulo de Vivek, com sua lápide retangular. Kavita não pôde deixar de imaginar, por um segundo, a avó de Vivek estendendo a mão de seu túmulo, ao lado, através do caixão, através do solo, estilhaçando a madeira do caixão do neto para lhe segurar a mão. Pelo menos ele não estava sozinho. Eles estavam juntos, a geração anterior e a próxima, que partiram do aqui e do agora, deixando o resto da família flutuando em vida.

Kavita se ajoelhou e passou a mão sobre a inscrição. Algo parecia estranho, errado. "A culpa é nossa", ela se pegou dizendo.

Chika olhou para ela. "O que é a nossa culpa?"

"Ele ter morrido daquele jeito, como um animal."

O marido se agachou ao seu lado. "Mba, a culpa é dos vândalos que fizeram isso."

"Ele não confiava em nós", continuou, ignorando-o. "Estava se escondendo na casa dos outros, como se não tivesse um lar. A gente não sabia nada da vida do nosso próprio filho."

"Aquele não era o Vivek. Ele estava doente, Kavita. Ele estava doente da cabeça. Por isso se vestia daquele jeito." Chika colocou a mão em seu ombro, mas ela se afastou.

"Pare de dizer isso!"

"Ele estava doente. Ele só precisava de mais ajuda. A gente devia ter percebido."

"Você não sabe do que está falando." Kavita se levantou e soltou os cachorros em cima do marido. "Não sabemos nada dele. Você tinha uma ideia sua de quem seu filho *devia* ser, e estava tão ocupado tendo um caso que perdeu os últimos meses dele aqui na Terra. A gente não pode continuar insistindo que ele era quem a gente achava que era, se ele queria ser outra pessoa e *morreu sendo essa pessoa*, Chika. Nós fracassamos, você não vê? Não enxergamos quem ele era e fracassamos."

Chika empalideceu assim que ela mencionou o caso. O primeiro instinto que teve foi negar, mas não dava para afastá-la da verdade. Só observou enquanto ela se levantava, a ira sombreando seu rosto, e irrompeu na direção da porta dos fundos. Havia uma enxada de jardim por ali, e num piscar de olhos ela a agarrou e marchou de volta até a lápide.

"O que você está fazendo?", ele perguntou, tentando bloquear sua passagem. Mas Kavita passou por ele direto. levantou a enxada e golpeou a lápide, o metal achatado faiscando contra a pedra.

"Kavita, *para com isso!*"

Ela ergueu e baixou a ferramenta repetidamente, ignorando-o, e Chika ficou só olhando, assustado demais para tentar impedi-la. Kavita grunhia e chorava — mais de raiva do que de tristeza, parecia —, e a lápide ia lascando sob seu ataque. Ela mirava na inscrição agora, e ele se encolheu quando percebeu.

"Pelo menos... a gente pode... fazer uma coisa... do jeito *certo*!", ela rosnou entre duas enxadadas. Pequenas rachaduras se espalhavam pela superfície da lápide; lascas sujavam a grama. Chika deu um passo para trás para evitar que uma delas voasse em seus olhos. Cruzou os braços e decidiu deixá-la botar tudo para fora. Ela continuou golpeando até os braços cansarem, então parou, ofegante; o longo cabo da enxada pendia de suas mãos e batia de leve em seus joelhos. Seu rosto estava coberto de suor e o cabelo molhado grudara em sua bochecha.

"Terminou?", ele perguntou. Agora havia uma pequena ferida na lápide, aberta e fragmentada nas bordas. Kavita sussurrou algo e Chika deu um passo para chegar mais perto. "O que foi?" Ela olhou para ele e Chika passou os braços ao seu redor, a dor nos olhos dela descontrolada e latejante. Ficou surpreso quando ela não se afastou.

"Você precisa consertar isso", ela sussurrou, a voz embotada e engasgada. "Você precisa consertar."

Chika a abraçou com força. "Claro", disse, embora estivesse confuso quanto ao que exatamente ela queria dizer. "Eu resolvo isso. Claro que vou consertar."

Foi só depois que entraram em casa, depois de ele ter feito chá para a esposa e sentado com ela na varanda ouvindo os pássaros no jasmim-manga, que ela finalmente explicou o que queria: o último gesto pela criança morta, o pedido de desculpas tardio. "Ele podia estar vivo", Kavita disse, "se tivesse se sentido seguro pra ser quem era de verdade em nossa casa, em vez de andar por aí daquele jeito. Como a gente ia proteger nosso filho, se não sabíamos? E ele pediu pros amigos não nos contar por que não confiava em nós, e tinha razão de não confiar. Já imaginou o que a gente teria feito?"

O queixo de Chika ficou tenso, mas ele sabia que ela estava certa. Se Vivek estivesse vivo, ele nunca teria endossado essa crença, mas quando você já esteve de pé sobre a terra, sabendo que os ossos de seu filho apodreçam embaixo, a raiva e o ego desapareçam, como poeira na ventania.

"Além disso", Kavita acrescentou, calmíssima, "você me deve uma."

Eloise pairava entre eles e Chika baixou a cabeça, sabendo que havia perdido. Kavita declarara seu preço, e sua escolha era clara: pagar ou perdê-la.

Ele ligou para o empreiteiro e encomendou uma lápide diferente, com uma nova inscrição. Não contou a ninguém da família sobre aquilo, mas sabia que visitavam o túmulo, então quando Ekene ligou e lhe disse: "Antes tarde do que nunca", Chika acatou o comentário. Não disse mais nada a Kavita sobre sua vergonha, nem sobre a nova lápide, nem sobre as fotografias. Kavita não lhe contou nada quando tirou as fotos da gaveta e as organizou em um álbum, que escondeu debaixo do colchão. Ela passava horas debruçada sobre ele quando Chika não estava em casa, tentando encontrar a pessoa que tinha perdido, tentando guardar na memória a pessoa que havia encontrado.

Vinte e três
Osita

Fui visitar o túmulo de Vivek no dia do seu aniversário, de manhã bem cedinho.

Sabia que tio Chika e tia Kavita chegariam mais tarde e que passariam a noite lá, então vim um dia antes e dormi no quarto da minha avó. Quando amanheceu, logo na primeira aurora, a casca do ovo rachando antes de se estilhaçar, saí e fiquei parado na frente do túmulo, com a nova lápide que tia Kavita havia obrigado tio Chika a instalar. Ele não tivera muita escolha depois que ela tentou destruir a antiga.

O ar ao meu redor estava úmido, o orvalho grudado na grama e nas folhas, e na ponta da cova a pequena árvore de carambola fazia um grande esforço para deixar de ser uma mudinha. Eu não sabia bem por que tia Kavita tinha escolhido uma árvore frutífera para se alimentar do corpo de Vivek. Tio Chika provavelmente teria escolhido outra coisa, como uma palmeira. Será que ela ansiava pelo dia em que haveria de fato carambolas penduradas em seus galhos? Será que as colheria e as comeria como se estivesse absorvendo o filho, trazendo-o de volta para dentro de onde veio? Seria algo como a eucaristia, imaginei, corpo e sangue se transformando em carne amarela e pele verde-clara, suculenta. Ou talvez ela nunca chegasse a tocar nas frutas — talvez ninguém tocasse — e elas caíssem de volta no chão para apodrecer, para afundar outra vez no solo, até que as raízes da árvore as levassem de volta, e continuaria assim, um ciclo infinito. Ou os pássaros apareceriam e comeriam a fruta, depois carregariam Vivek por aí, dando vida às coisas mesmo depois de ele ter ficado sem a sua.

Me agachei ao lado do túmulo, as pernas ainda cansadas do sono, depois desisti e me sentei na laje, olhando em volta para ter certeza de que não havia ninguém ali. Trouxera comigo um saco plástico preto e amarelo, amarrado bem firme. Sentado no túmulo do meu primo, comecei a soltar o nó. Estava apertado; eu havia amarrado a sacola com as mãos trêmulas, planejando queimá-la, ou pelo menos nunca mais abri-la. Depois ela passara meses embaixo da cama, no meu quarto. Às vezes eu a tirava de lá e a apertava no peito, lutando contra a vontade de rasgar o plástico para abri-la. Sempre a colocava de volta lá. Mas hoje... hoje era diferente.

Levei alguns minutos e tive que usar os dentes para romper o nó; então abri a boca do plástico e dobrei a aba para fora. Dentro da sacola havia um vestido de algodão macio, exceto nas partes onde o sangue velho tinha endurecido o tecido. Eu dobrara a peça com cuidado para colocá-la na sacola, e agora alisava o quadrado que estava em meu colo. Era de um azul profundo, como eu imaginava que seria a cor de cair no mar e continuar tentando alcançar o fundo. Havia flores de hibisco vermelhas espalhadas sobre ele, pontos amarelos tremelicando nos estames. Não tinham sido impressos em escala real; eram hibiscos menores que os de verdade, para que mais deles coubessem no azul. Era o vestido favorito de Vivek.

Era o que ele estava vestindo em uma das fotos que Juju ia mostrar para tia Kavita, mas eu levara essa foto do quarto dela na manhã seguinte ao nosso encontro no clube e, assim, ela nunca tinha chegado à tia Kavita. Juju ainda dormia quando saí e eu não a acordei. Me despedir dela teria sido demais para mim, estranho demais, depois do que aconteceu naquela noite. Então atravessei o quarto silenciosamente para recolher minha cueca e minhas calças do chão, me equilibrando com cuidado ao vesti-las, e depois coloquei a regata amarrotada e a camisa. A bolsa da Juju estava em sua penteadeira e eu enfiei a mão devagar lá dentro e pesquei o envelope com as fotos. Passei por todas rapidamente, procurando aquela que vira no clube. As meninas também tinham visto aquela foto, mas conheciam o Vivek e acharam que ele só estivesse de brincadeira, como sempre fazia. Talvez fosse a culpa que me deixava paranoico, mas aquela foto parecia uma revelação, e eu não podia deixar que minha tia a visse. Deus me livre. Se ela contasse aquilo aos meus pais, eu não sabia nem por onde começar a imaginar as consequências.

Na foto, Vivek estava com aquele vestido, preso à esquerda na cintura, tipo envelope. O decote em V deixava o osso do esterno à mostra. O cabelo estava solto e lhe emoldurava o rosto. Juju o havia penteado com gel e feito uma centena de trancinhas, que depois deixou secar e soltou em muitas ondas, caindo em cascata por seu corpo. Ele estava sentado no meu colo de pernas cruzadas, o vestido subindo pelas coxas, o torso inclinado para a frente, e ria para a câmera. Tinha um braço em volta do meu pescoço e eu olhava para ele. A expressão em meu rosto me fez estremecer. Era, por falta de palavra melhor, de adoração. Irrestrita. Como se não houvesse perigo de alguém me ver olhando para ele daquele jeito. Como se estivéssemos a sós e eu não tivesse medo e não fôssemos primos e nada daquilo fosse aterrorizante.

Vivek havia depilado o peito e as pernas — fez isso com frequência nos últimos meses —, e as unhas dos pés estavam pintadas do mesmo vermelho das flores do vestido. Lembrei-me da primeira vez que o vi com aquele vestido; fiquei surpreso com as mangas compridas e as ombreiras. Seria quase recatado se não fosse o decote, que ele cobria com o cabelo. Mas ele deu um giro para exibi-lo e, pela primeira vez, parecia feliz, e não cansado, como se estivesse morrendo ou sofrendo. Não pude deixar de ficar contente por ele. Àquela altura, eu já tinha me rendido, entende, e estávamos na casa de Juju, em nossa bolha, onde tudo ia bem e o mundo lá fora não existia. Sentado em seu túmulo com o vestido nas mãos, senti o pranto se agitar no meu peito.

Tudo teria continuado bem se ele não tivesse saído da bolha. Se não tivesse sentido necessidade de começar a sair e se colocado em risco. Como poderíamos protegê-lo se ele não ficasse dentro de casa?

No dia em que o mercado pegou fogo, fui até a casa de Juju atrás dele. Ela me disse que Vivek tinha saído de novo. Gritei com ela, injustamente, como se achasse que ela pudesse detê-lo. Ninguém podia — todos nós já tínhamos tentado, muitas vezes. Saí, peguei um okada e fui procurá-lo. Sabia que ele gostava de passar na banca de uma mulher que vendia puff-puff perto do mercado, então mandei o okada descer a Chief Michael Road. Tínhamos acabado de passar pelo primeiro cruzamento quando ouvimos o barulho e vimos a multidão ao longe. Meu okada encostou na beira da estrada e parou.

"Sai, sai!", o motorista gritou.

"Você não vai continuar?", perguntei.

"Você está doido? Não está vendo o tumulto? Meu amigo, desce logo pra eu ir embora. Pode ficar com seu dinheiro."

Resmungando e praguejando, desci, e ele saiu acelerando. Suspirei e olhei ao redor e foi quando vi Vivek alguns quarteirões adiante, inconfundível naquele vestido. Chamei seu nome, mas ele não se virou, então corri e empurrei seu ombro quando o alcancei.

"Você não ouviu seu nome?!"

Meu primo se virou e olhou para mim, calmo. "Sou a Nnemdi", ela corrigiu.

Limpei o rosto com a mão. Justo naquele dia. "O.k., desculpa, Nnemdi. Por favor, podemos voltar pra casa da Juju?"

"Tudo bem. Só quero comprar uns puff-puff antes."

Olhei para ela e apontei para o caos à nossa frente. "Você quer entrar no meio disso aí? Pra comprar puff-puff?"

Ela olhou para a multidão e seu rosto vacilou. Torcia as mãos como sempre fazia quando ficava nervosa. "Não vai demorar. Podemos ir assim que eu comprar?", perguntou.

Tive vontade de gritar com ela, mas da última vez que fiz isso em público ela tinha ameaçado me dar um soco na cara e depois saíra correndo. Não quis correr atrás dela — seria meio estranho —, então fui para a casa da Juju e esperei até ela voltar. Desta vez, segurei-a pelos ombros gentilmente e olhei em seus olhos. Senti o algodão do vestido macio sob minhas mãos. "Nnemdi", disse. "Tenho certeza que até a mulher que vende puff-puff já arrumou as coisas dela e foi embora. Ela não está mais lá. Está todo mundo indo embora, olha."

Uma nuvem de fumaça vinda do mercado subia no horizonte. A estrada ao nosso lado estava lotada de veículos em alta velocidade, ônibus e táxis e carros particulares. Uma comerciante com metros de tecido dobrado empilhados precariamente ao seu redor passou voando em um okada. A moto foi costurando entre os veículos e, quando passou por nós, desviou de um buraco e alguns tecidos caíram, pousando em uma nuvem de areia. A mulher gritou para o motorista do okada parar, mas ele não parou, gritando uma resposta de volta enquanto acelerava para se afastar da multidão fervilhante.

"Temos que ir embora", disse à minha prima. "Biko, antes que alguma coisa te aconteça."

Ela me olhou feio. "E por que é comigo que você acha que vai acontecer alguma coisa? Você, nko?"

"Por favor, não começa com isso agora. Você sabe que pra você não é seguro nem sair da casa da Juju vestida assim, quanto mais ficar nessa região, quanto mais nessa situação! Não seja burra. Vamos!"

"Entendi." Sua expressão ficou fria. "Então agora você me acha burra?"

"Nnemdi, por favor. Briga comigo quando a gente chegar na casa da Juju. Só vamos embora daqui. Biko."

"Você tem vergonha de mim", ela disse, a voz surpresa. "É por isso que não gosta que eu saia vestida assim. Parece que você está sempre com vergonha, Osita. Primeiro de você, depois de nós, agora de mim."

"Jesus Cristo. Isso não é verdade. Abeg..."

"É, é verdade. Você não se importa com nada quando a gente está em casa e ninguém está vendo, mas é por isso que não gosta que eu saia assim. Você não quer que ninguém me veja. Ou o problema é que não quer que te vejam comigo?"

Bufei e pus a mão na cabeça. Não tínhamos tempo para aquilo. O que aconteceria se alguém olhasse com atenção para ela, alguém que tivesse um facão na mão e o apoio de uma multidão? Com que rapidez não poderiam machucá-la, matá-la. Agarrei seu braço e comecei a arrastá-la para longe. "Não temos tempo pra brigar na rua!"

Ela tentou se soltar e começou a me bater. "Me solta! Hapu m aka!!"

Perdi a paciência. "*A gente tem que ir já!* Sabe o que vão fazer com você?"

Nnemdi arfou e se afastou de mim com toda a força, soltando-se da minha mão. Fiquei pasmo com a dor em seus olhos, pasmo que a verdade pudesse machucá-la tanto. Ela se afastou com tanto ímpeto que tropeçou, seu salto ficou preso em uma pedra, e ela caiu. Foi muito rápido. Vi sua cabeça bater na borda de cimento da sarjeta na beira da estrada. Vi seu corpo desabar, olhos fechados, o sangue empoçando na areia em segundos.

Gritei.

"Não, não, não, *não!*" Corri e me ajoelhei ao seu lado, deslizando uma mão sob seu pescoço para levantar sua cabeça.

"Nnemdi. Nnemdi!" Talvez ela não reconhecesse aquele nome depois de ter batido a cabeça. "Vivek", sussurrei. "Vivek, abre os olhos. Por favor, bhai. Abre os olhos." Minha mão já estava encharcada de sangue — muito sangue. O pânico era um abutre preso em meu corpo, tentando sair, me bicando e batendo as asas freneticamente para mim. Olhei em volta e corri para pegar o pano que caíra do okada. Rasguei o plástico da embalagem, levantei seu pescoço de novo e usei o pano para tentar estancar o sangramento.

Hospital. Eu precisava levá-la para um hospital. Ninguém ao meu redor prestava atenção em nós; tudo era caos; passava gente correndo de todo lado. Levantei Nnemdi e a aninhei em meu peito, usando um braço para apoiar sua cabeça. Parei na beira da estrada e um okada derrapou na minha frente. Inesperadamente, a motorista era mulher.

"O que aconteceu?", ela perguntou, olhando para Nnemdi.

"Ela caiu. Por favor, pode nos levar a um hospital?"

Ela assentiu. "Entra", disse, e eu montei atrás dela, com cuidado, longe o suficiente para que Nnemdi coubesse também. Saímos acelerando.

"Hospital Anyangwe", gritei para a motorista. "Conhece?" Era bem perto da casa do tio Chika, dava para ir a pé. Eu poderia correr para buscá-los enquanto os médicos cuidavam de Nnemdi. A motorista assentiu e aproximei o rosto de Nnemdi, o vento assobiando ao nosso redor. "Acorda", implorei. "Acorda, por mim." Costuramos entre os carros e eu a mantive apertada nos braços, os joelhos dobrados sobre meu cotovelo. Seus sapatos caíram e não me importei. Quando chegamos ao cruzamento com uma estradinha que dava no hospital, uma poça de água gigante bloqueava a rua quase inteira. O okada parou na beirada.

"Minha moto não passa aí", ela disse. "Vai estragar o motor. A gente pode dar a volta pela estrada principal. Mas o hospital não é logo ali?"

"Sem wahala", respondi, desmontando com cuidado. "Posso ir andando daqui. Ego ole?"

Ela acenou. "Esquece o dinheiro. Vai, cuida da sua mulher, que ela fique bem."

Assenti, as lágrimas ficando sólidas em meus olhos, e ela foi embora enquanto eu andava com dificuldade pela beirada da poça. A estradinha era um atalho; curta e estreita, sem pavimentação, sombreada por árvores. Eu a conhecia bem — o terreno do tio Chika tinha um portão lateral que dava para ela. Quando ainda estávamos no ensino médio, eu e o Vivek quebramos o cadeado enferrujado e abrimos uma picada para usar o portão para sair escondidos de casa. Atravessei a poça, com água chegando às panturrilhas, e ia passar pelo portão quando olhei para Nnemdi e parei.

Algo havia mudado em seu rosto. Não parecia mais com ela. Às pressas, ajoelhei-me e a deitei no chão para verificar a pulsação em seu pescoço. Não encontrei nada. Pus a mão sob seu nariz. Nada. Minhas mangas e a camisa estavam encharcadas de sangue. Eu não conseguia respirar. Meus olhos embaçaram e achei que fosse desmaiar. Eu a sacudi, chamei seus dois nomes, como se fosse fazer alguma diferença. Estávamos debaixo de uma árvore de chama-da-floresta. Uma flor laranja caiu e pousou em seu peito.

Fiquei ajoelhado, perto da cerca, sozinho na estrada. Pus a mão sobre seu rosto e a chamei pelos nomes novamente. Parecia que eu estava imaginando aquilo tudo.

Eu estava ali, na estrada, na frente do corpo da minha prima. Alguém ia me ver.

O pensamento se impôs e a adrenalina disparou por meu corpo. Não sei por que fiz o que fiz em seguida, só sei que a casa do tio Chika ficava logo ali, que não adiantava mais ir para o hospital, e que eu não saberia responder a nenhuma pergunta que me fizessem em nenhum desses dois lugares. Vivek sempre dizia para mim e para a Juju: "Não deixem meus pais descobrirem nunca. Eles já têm problemas demais. Não deixem eles saberem da Nnemdi nunca".

Então fiz o que ele teria achado bom.

Desamarrei o laço do vestido e o tirei de seu corpo, chorando o tempo todo, as mãos tremendo, a cabeça atrapalhada. Peguei o pano que usara para secar o sangue e o desdobrei. Era akwete, uma padronagem vermelha e preta. Cobri minha prima com ele e a peguei novamente no colo, caminhei até o portão lateral — a fechadura nunca fora consertada — e o empurrei com o pé para abri-lo. Atravessei o quintal correndo, fui pela lateral da casa até a varanda, onde deitei Nnemdi ao lado do capacho. Era tanto sangue em cima de nós dois. Eu não conseguia parar de chorar.

"Me desculpa", sussurrei. "Me desculpa." Tirei uma mecha de cabelo de seu rosto e encostei minha testa na dela, minhas lágrimas caindo em seu nariz e em sua boca. A voz do meu tio escapou pela janela.

"Ouviu isso?", ele perguntava para minha tia.

"Tem alguém na porta?", ela respondeu.

Engoli um soluço, funguei e segurei o rosto da minha prima nas mãos, beijando seus lábios. "Preciso ir", disse. "Por favor, me desculpa. Preciso ir."

Tateei por trás de seu pescoço e abri o fecho de sua corrente de prata, o pingente de Ganesha ainda quente em minha palma. Fechei a mão em punho ao redor dele.

"Eu te amo", disse para seus olhos silenciosos. Então me levantei e corri, agachado para que não me vissem da janela. Fugi, pelos fundos, pelo portão lateral, parando apenas para fechá-lo. Corri pela estradinha e recolhi o vestido do chão, sacudindo as pétalas laranja e amarelas que haviam se acumulado sobre ele. Corri para a rua principal, passei pelos portões do hospital, e as pessoas me olhavam, mas a dor no meu rosto deve ter parecido familiar ali perto do hospital, como se eu tivesse perdido alguém lá. Pedi uma sacola plástica a uma mulher que vendia laranjas na beira da estrada. Ela olhou para o sangue em minha roupa, assustada, mas me deu uma sacola preta e amarela e me entregou um sachê de água fresca.

"Lava o rosto", disse. "Gịnị mere gị?"

"Foi um acidente", disse, me lavando, água rosada escorrendo pelas mãos.

"Chineke! Está tudo bem?"

"Sim, Ma. Só preciso chegar em casa."

"Tem muito sangue na sua camisa."

"Não é meu."

"Não é bom andar por aí desse jeito." Ela chamou uma mulher que vendia roupas em um quiosque ao lado, camisetas espalhafatosas e vestidos de estampa ankara pendurados em manequins brancos e sem cabeça. "Vero! Biko, me vê aí uma camiseta pro menino."

A mulher pôs a cabeça para fora do quiosque. "Cinquenta nairas!", gritou. Enfiei a mão no bolso e tirei cem, que entreguei à vendedora de laranjas. Ela me olhou com surpresa e então brandiu a nota para a outra mulher, que assentiu e saiu com uma camiseta preta, com uma coroa cheia de brilhos na frente. "Essa vai servir nele", disse. A vendedora de laranjas deu a ela os cem nairas e recebeu cinquenta de troco. Tentou me dar o dinheiro, mas eu sacudi a cabeça. "Está certo, Ma." Coloquei a sacola entre os joelhos e tirei a camisa ali mesmo, na estrada, e vesti a preta. Ficou meio apertada, mas coube. Pus a camisa ensanguentada e o vestido de Nnemdi na sacola e, quando ergui os olhos, as duas mulheres me encaravam.

"Você sempre fica pelado assim, na rua?", disse a vendedora de roupas.

"Toma conta da sua vida", a vendedora de laranjas retrucou. "Se cuida, viu?", me disse, e eu assenti.

"Daalụ, Ma."

Ainda tinha um pouco de sangue nos meus jeans, secando, mas a calça era escura, então não dava para ver direito. Fui direto para o ponto e peguei um ônibus para Owerri. Quando paguei o condutor, algumas notas tinham manchas de sangue, mas ele nem pestanejou.

Meus pais não estavam em casa quando cheguei, então peguei a chave debaixo do capacho e entrei. Deu tempo de tomar banho e de queimar minha roupa ensanguentada no quintal, junto com o lixo, que eu tinha que queimar mesmo. Não sei por que guardei o vestido, que enfiei na sacola e pus debaixo da cama. Lavei o colar e o guardei debaixo do colchão, correndo o risco de minha mãe encontrá-lo se entrasse no quarto. Era improvável que isso acontecesse. Não ia conseguir enterrá-lo — simplesmente não ia.

Ainda me lembro do sangue escorrendo pelo ralo da banheira enquanto eu derramava baldes de água no corpo, me esfregando até que a água saísse limpa, e depois derramando e esfregando mais ainda, baldes e baldes, até gastar a água do reservatório do banheiro toda. Usei uma toalha branca para me enxugar, para me assegurar de que nenhuma gota da minha prima tinha ficado em mim, depois fui buscar água para encher o tambor. Então saí; sabia que era apenas uma questão de tempo até tio Chika ligar para o meu pai para contar o que havia acontecido, e não queria estar lá para atender.

Quando cheguei em casa, tarde da noite, meus pais estavam na sala de estar, chorando. Quando me contaram, chorei com eles como se fosse a primeira vez.

Desde então, tenho fingido todos os dias. Fingi para as meninas, e no enterro, e pra todo mundo. Foi por isso que não quis ver ninguém, por isso que fiquei em Owerri. Precisava aprender a me comportar com aquele segredo soltando pétalas dentro de mim assim. Ajudei tia Kavita a procurar o colar depois que ela foi me buscar em Port Harcourt, como se não fosse chegar em casa e tirá-lo do esconderijo, apertá-lo junto da boca, sufocar o choro para meus pais não ouvirem.

Quando contamos à tia Kavita nossa teoria de que Vivek teria saído vestido de Nnemdi e sido morto por alguém no tumulto, eu mal conseguia falar, de tão apertada que estava minha garganta. Elas acharam que fosse tristeza. "Os meninos eram muito próximos", minha tia disse, depois, dando finalmente a outras pessoas o direito de chorar por seu filho. Ouvi as meninas se perguntarem o que teria acontecido com o vestido, o tempo todo eu sabendo que estava escondido debaixo da minha cama, macio e duro. Vi minha tia chorar imaginando o sofrimento que seu Vivek passara. Queria dizer a ela que Nnemdi não sentira nada do momento em que caiu em diante, que morrera dormindo em meus braços, que não houve aquela dor, mas não podia dizer nada. Não disse nada. Tínhamos contado a ela o máximo de verdade que ela poderia suportar. O resto eu guardaria comigo.

Então ali estava eu com o vestido, no túmulo, sentado, enquanto o sol ia nascendo, amarelo diluído. Não sabia a que horas meus tios chegariam. Parecia que eu estava sempre correndo, alguns poucos passos à frente deles, guardando segredos que eles nunca alcançariam. Peguei uma enxada que estava na porta dos fundos e cavei com cuidado, na base do pé de carambola, um buraco fundo o suficiente para que a chuva não o reabrisse, tentando achar espaço entre as raízes. Terminei de cavar com as mãos, fazendo pequenos fossos em volta das raízes e usando água para amolecer o solo. Quando estava fundo o suficiente, tirei o vestido da sacola. Aproximei-o do rosto, tentando sentir o cheiro da pele do meu primo, tentando não sentir o cheiro do sangue seco. Não tinha cheiro de nada. Coloquei-o no buraco e enterrei, depois joguei areia e folhas em cima para ninguém ver que alguma coisa tinha sido enterrada ali.

"Me desculpa", disse ao túmulo. "Foi um acidente. Eu nunca teria te machucado, nunca nesta vida. Juro por Deus. Você era meu irmão e eu te amava. Eu só queria te proteger." Pousei a mão no cimento e ele estava frio. "Sinto sua falta todos os dias."

Minha voz falhou e o túmulo não respondeu nada. Fiquei ali ajoelhado um tempão, até que finalmente me levantei e limpei a sujeira dos joelhos. O sol no céu tinha ficado mais forte. Sequei os olhos e peguei a sacola plástica. Segurando-a com força na mão, puxei nossa fotografia do meu bolso de trás. Tinha pensado em enterrá-la também, mas não consegui; não pude deixar que tudo apodrecesse com meu primo naquele túmulo. Passei o polegar pela superfície lustrosa antes de enfiar a foto de volta no bolso, junto com o colar. Então me afastei, sabendo que iria embora, para longe, para algum lugar onde pudesse colocar seu amuleto em volta do pescoço e usá-lo todos os dias, e talvez então parecesse que ele não tinha me deixado, afinal.

Vinte e quatro

Nnemdi

Muitas vezes me pergunto se não morri do melhor jeito possível — nos braços da pessoa que mais me amava, vestindo uma pele de verdade. Vejo que ele está sofrendo e queria lhe dizer que ele já foi perdoado por toda e qualquer coisa que possa ter feito comigo. Queria dizer que eu sabia que dançava com a morte todo dia, especialmente quando saía daquele jeito. Eu sabia, e fiz minhas escolhas assim mesmo. O que aconteceu não foi certo nem justo, mas não foi culpa dele. Queria dizer obrigada por me amar.

Minha mãe mudou a inscrição no meu túmulo. Ela podia farejar a mentira. Amor e culpa às vezes têm o mesmo gosto, sabia? Agora está escrito:

VIVEK NNEMDI OJI
UMA PESSOA AMADA

Eu me pergunto se alguém está feliz por eu finalmente ter um nome igbo. Se minha avó, flutuando aqui comigo, em algum lugar, está feliz por ter tido um reconhecimento, afinal. Eu diria que foi tarde demais, mas o tempo parou de ter os significados que tinha.

Não ligo mais. Vejo como as coisas funcionam agora, do lado de cá. Eu nasci e morri. Eu vou voltar.

Em algum lugar, veja, no rio do tempo, eu já estou viva.

Agradecimentos

Aos autores cujos livros me ajudaram a escrever este aqui — Toni Morrison por *Amor* e Gabriel García Márquez por *Crônica de uma morte anunciada* —, meu agradecimento. Às Nigesposas, pela infância que vocês possibilitaram, cheia de livros e waffles e piscina e amigos. Agradeço a todas pelo apoio, especialmente a titia Ingrid e titia Helga, e uma lembrança especial para titia Vonah, por me ajudar a me tornar alguém que escreve profissionalmente. Ao grupinho original — JK e Franca, Julie e Chiji e Chukwuma —, agradeço pela diversão, pelas brincadeiras e pela magia. À cidade de Aba, que foi minha casa por dezesseis anos. À avenida Ekenna e à rodovia Okigwe. Ao Aba Sports Club — digam *oi* para os caras do suya por mim. Que mundo incrível era aquele. A todas as pessoas queer e em inconformidade de gênero na minha terra, especialmente as que estão criando mundos novos para nós, jisie ike. Que mundo incrível será esse.

Ao meu brilhante editor, Cal Morgan, e a minha agente lendária, Jackie Ko, assim como todas as outras pessoas maravilhosas da Wylie Agency — Sarah, Emma, Alba, Ekin e Jessica. Para Jynne e todo mundo da Riverhead Books. Agradeço por serem uma equipe tão espetacular. A Eloghosa Osunde e Ann Daramola por terem lido e amado este livro tão no começo — agradeço, irmãdeuses. A minha querida Christi Cartwright; sou muito grata pelo tempo e cuidado que você dedicou a este projeto.

Foram necessárias várias pessoas para trazer *A morte de Vivek Oji* às mãos dos leitores, e estendo meu agradecimento a todos vocês. Precisamos de todos nós para trazer essas histórias ao mundo. Fico muito feliz de fazer este trabalho com vocês.

The Death of Vivek Oji © Akwaeke Emezi, 2020.
Todos os direitos reservados.

Todos os direitos desta edição reservados à Todavia.

Grafia atualizada segundo o Acordo Ortográfico da Língua Portuguesa de 1990, que entrou em vigor no Brasil em 2009.

capa
Luciana Facchini
imagem de capa
Janaína Vieira
preparação
Teté Martinho
revisão
Jane Pessoa
Erika Nogueira Vieira

Dados Internacionais de Catalogação na Publicação (CIP)

Emezi, Akwaeke (1987-)
A morte de Vivek Oji / Akwaeke Emezi ; tradução Carolina Kuhn Facchin. — 1. ed. — São Paulo : Todavia, 2022.

Título original: The Death of Vivek Oji
ISBN 978-65-5692-317-8

1. Literatura nigeriana. 2. Romance. 3. Ficção contemporânea. I. Facchin, Carolina Kuhn. II. Título.

CDD 823.92

Índice para catálogo sistemático:
1. Literatura nigeriana : Romance 823.92

Bruna Heller — Bibliotecária — CRB 10/2348

todavia

Rua Luís Anhaia, 44
05433.020 São Paulo SP
T. 55 11. 3094 0500
www.todavialivros.com.br

fonte
Register*
papel
Pólen natural 80 g/m²
impressão
Geográfica